NARRATORI DELLA FENICE

Titolo originale:
Heart of Gold

In copertina: fotografia © C. Aranega / Getty Images
Grafica di Guido Scarabottolo

ISBN 978-88-235-0410-3

Gruppo editoriale Mauri Spagnol
www.guanda.it

CATHERINE DUNNE
LA GRANDE AMICA

Traduzione di Ada Arduini

UGO GUANDA EDITORE
IN PARMA

LA GRANDE AMICA

Sai, non pensavo a quell'estate da secoli.

Be', in realtà non è proprio vero: è lì, sospesa, sempre, anche se a volte non me ne rendo più nemmeno conto. Non che io ci pensi veramente. È solo un'eco, o un'ombra. Qualcosa che c'è e non c'è, quasi tutti i giorni, che si intravede appena. Come un angelo sulla spalla.

Ti conobbi in quell'albergo vicino a Dublino, tre giorni dopo il mio sedicesimo compleanno. Tu ne avevi appena compiuti venti. Era la prima volta che andavo a vivere fuori casa; il mio primo lavoro estivo. A mezzogiorno papà mi aveva accompagnato all'autobus, e mentre salivo mi aveva messo in mano un paio di monete. «Chiama quando arrivi» mi aveva detto. «Nella piazza principale c'è una cabina, accanto alla fermata.» Io avevo annuito. «Mi raccomando.» Mi aveva baciato sulla fronte e ci eravamo salutati con la mano mentre l'autobus si allontanava dal centro.

Non avevo mai fatto un viaggio così lungo da sola. Il paese era a una trentina di chilometri da casa, verso nord, ma tutto sembrava diverso. L'autobus attraversava un'infilata di campi verdi; le case, in mezzo, erano ben poche. Non c'erano strade: non come quelle che conoscevo. E mi chiedevo: perché non si vede in giro nessuno?

Quando entrammo nella piazza del paese, a un tratto vidi che c'era gente dappertutto. Ragazzini carichi di secchi e zappe, adulti bruciati dal sole che bevevano birra fuori dai pub. Sentivo la salsedine sulle labbra. Accaldata e sudata, scaricai il bagaglio, preoccupata di quanta strada avrei dovuto fare a piedi. Fuori dalla cabina c'era la coda e decisi di non aspettare. Per arrivare all'albergo seguii le brusche indicazioni dell'autista, ma ero molto in ansia, come mi capita ancora adesso quando ho paura di perdermi.

Trovai abbastanza facilmente la porta con la scritta ACCESSO RISERVATO AL PERSONALE e la spinsi. Ero stanca di portare la valigia, le maniglie mi segavano la carne morbida dei palmi. Le attaccature delle dita erano diventate viola, orribili. Finalmente osai alzare lo sguardo e vidi il tuo sorriso.

«Ciao! Miriam?» La tua voce aveva la cadenza dolce del nord.

«Sì» risposi. Ricordo la mia incertezza: non ero sicura che mi piacesse l'idea che una persona sapesse il mio nome prima che io sapessi il suo.

«Mi chiamo Marie-Thérèse. Patricia mi ha detto che saresti arrivata. Siamo compagne di stanza.» Scrollando la testa, mi sorridesti di nuovo sistemandoti dietro l'orecchio una lunga ciocca di capelli biondi. Allora per la prima volta notai quanto fossero verdi i tuoi occhi. E il tuo nome: sofisticato, francese, quasi poetico, con le vocali aperte, generoso, non come il mio. «Miriam» era severo e pio, biblico e antiquato. A quell'epoca lo detestavo. Lo trovavo mediocre.

«Oh» dissi.

« Patricia torna verso le cinque. » Un altro sorriso, per incoraggiarmi. « Se vuoi posso farti vedere la nostra camera. »

La nostra camera. Non avevo mai condiviso una stanza. Casa mia era piena di fratelli, grandi creature goffe che si azzuffavano e facevano confusione e rumore, e poi bisognava pulire. L'unica compensazione era camera mia: nascosta sul retro della casa, grande quanto bastava per un letto a una piazza, una sedia da cucina e tre scaffali per i libri. Ma almeno erano cose mie e non dovevo spartirle con nessun altro.

Senza aspettare la mia risposta mi facesti strada in quella lunga sala da pranzo con annessa cucina, verso le scale. Guardai i tavoli, ben strofinati, le panche dure, gli spessi piatti bianchi impilati in fondo. C'era odore di latte cagliato. Un raggio di sole illuminava una traccia di sale o zucchero su uno dei tavoli, sembrava la scia di una grossa lumaca.

Ti seguii su per le scale fino a un pianerottolo stretto, poi lungo un corridoio con due file di porte grigie, la nostra era la cinque. Il numero si era staccato e pendeva, capovolto.

Ci sarebbero voluti un chiodo o una vite nell'angolo superiore per rimetterlo a posto. Papà avrebbe urlato a Michael di sistemarlo. Non avrebbe approvato una sciatteria del genere.

« Eccoci » e spingesti forte con la spalla. La porta si spalancò su una stanzetta. Un letto a castello occupava tutta la parete a sinistra. A destra, uno scaffale, uno specchio e un armadio. Una finestrella si apriva accanto al letto. Le tende erano di un blu scolorito, la stoffa era sottile, stampata a falci di luna d'argento. Più tardi mi accorsi che al centro non si riusciva ad accostarle.

« Il tuo è quello di sotto. » Apristi lo sportello dell'armadio. Una metà esatta dello spazio per appendere gli abiti era già piena, così come quattro degli otto ripiani. Ricordo di aver notato che le superfici erano di melammina scrostata. Papà non avrebbe approvato nemmeno questo. Credo che a quel punto tu ti sia stretta nelle spalle. Capii di averti deluso, non ti eri aspettata quel silenzio. Non potevi sapere quanto fosse difficile per me parlare, affermare la mia opinione. Le grucce di ferro tintinnarono, urtandosi lievemente. Un suono dolce, come di blando rimprovero.

«I bagni sono in fondo al corridoio, da quella parte.» Mentre li indicavi capii che stavi per andartene. Dovevo parlare subito, dire qualcosa, qualsiasi cosa. Sapevo di sembrarti strana. Mia madre mi avrebbe detto, in tono secco, di non fare la maleducata.

«Ottimo, grazie» riuscii a proferire, mentre tu, che avevi appena aperto la porta, stavi per uscire, per allontanarti da me. «Grazie di avermi fatto vedere la stanza. Allora, com'è lavorare qui?»

Sul tuo viso si aprì un sorriso enorme, malizioso. I tuoi occhi diventavano ancora più verdi, quando li raggiungeva il sorriso. Sembravi – e anche allora riconobbi quell'espressione – piena di speranza. Quindi non ti avevo deluso; almeno non del tutto.

«Eccome» fu la tua risposta. «Ci si diverte. Adesso qui ci lavora una bella compagnia. E poi ci sono più ragazzi che ragazze.»

Più ragazzi che ragazze: ci ero abituata. Ma i fratelli non contavano, nemmeno se erano quattro. Non era questo che intendevi.

« Tu cosa fai? » ti chiesi. « Cioè, che lavoro ti hanno assegnato? »

Papà mi aveva spiegato, pazientemente, che avevo un posto all'albergo fino a settembre, fino alla riapertura delle scuole. Era l'unica cosa che sapeva: un posto. Quando fossi arrivata, mi aveva detto, avrebbero « valutato » la mia « idoneità » per la cucina, o la reception, o la caffetteria – quello che avrebbero ritenuto più giusto. Da come aveva detto « valutare l'idoneità » avevo capito che, in bocca, quelle parole dovevano avere per lui un gusto strano. Lui si intendeva soltanto di trapani e seghe e martelli: non di parole che sfuggono, imboscandosi dietro gli angoli della tua comprensione, nascondendo la loro reale identità. A un tratto mi sembrò importante capire come avessero valutato la *tua* idoneità. Così te lo chiesi, e la tua espressione cambiò. Sembrava che tu non riuscissi a credere alla tua buona sorte.

« Una botta di fortuna » dicesti, scuotendo la testa. « La piccola Phyllis, della reception, è dovuta tornare a casa per un funerale. Io l'ho sostituita. » Ti stringesti nelle spalle.

« Sono stata la prima del personale stagionale ad arrivare. Credo che quella piattola fosse in preda al panico... Voglio dire Barry, il direttore. »

Mi piacevano da matti il tuo accento, le parole che usavi e che non avevo mai sentito prima. Mi ci aggrappavo, a tutte quante. « E il lavoro ti piace? »

« Non c'è male. Di sicuro è più facile che servire ai tavoli. Ho già fatto la cameriera per due estati, nel Donegal. Ma non resterò alla reception per molto. Barry aveva solo bisogno di qualcuno, così su due piedi, e io gli andavo bene. »

Annuii. Il perché era chiaro. A parte gli splendidi capelli biondi e gli occhi verdi, avevi l'aria di una che la sapeva lunga: le cose giuste da dire, il modo in cui soddisfare i clienti insoddisfatti. Capivo che il tuo sorriso conquistava le simpatie altrui, che la gente desiderava starti vicino. Avevo provato quella sensazione soltanto una volta, con una maestra, alle elementari. Era la più giovane, ed era molto carina. Tutte noi bambine chiedevamo a gran voce di sederci vicino a lei, di svolgere i compiti che affidava soltanto alle poche predilette. Ma noialtre non avevamo mai perso la speranza. Eravamo sicure che un giorno saremmo state le prescelte. Dovevamo soltanto aspettare.

«Su» mi dicesti indicando la mia valigia scalcagnata. All'improvviso mi vergognai di quanto era malconcia. «Lascia tutto qui che ti faccio vedere il posto. Disferai i bagagli più tardi.»

Ti ricordi di avermi mostrato i tre lunghi corridoi dell'albergo, la caffetteria, il negozio di articoli da regalo? Dopo uscimmo, attraversammo il parco e imboccammo il lungo pendio che portava al mare. Tu salutavi le persone che incrociavamo, sorridevi, ogni tanto ti fermavi per scambiare due parole. Così conobbi Brian e Gary, e credo anche Colm. Ma loro mi notarono a malapena. Avevano occhi solo per te. A volte, anche quando passavano oltre, avevo la sensazione che si voltassero a guardarci – a guardarti.

Il sentiero si fece più stretto, così mi precedesti verso la spiaggia e io ti seguii. Quando arrivammo alla sabbia ormai avevo capito chiaramente tutte le differenze tra noi. Tu avevi i capelli lisci e lucidi; i jeans ti calzavano alla perfezione; eri dell'altezza ideale: non troppo alta, non troppo bassa. E soprattutto, ti muovevi con una disinvoltura e una sicurezza che non avrei mai potuto imitare.

A un tratto ti fermasti, lanciasti via i sandali e ti arrotolasti l'orlo dei jeans fino alle ginocchia. Avevi i piedi snelli e abbronzati, le unghie laccate di un rosso vivo.

« Vieni » mi dicesti. « Mettiamo i piedi a mollo. L'acqua è ancora ghiacciata, ma è bellissima. »

Esitai. Detestavo i miei piedi; avevo le dita a martello, che si incurvavano verso il basso, e la pelle, rimasta coperta troppo a lungo da calze e scarpe ortopediche, era bianca e aveva un'aria malaticcia. Ma nel tendermi la mano mi dicesti: « Andiamo, Miriam; devo raccontarti i pettegolezzi prima che tu conosca tutti ». Poi abbassasti la voce in un tono più solenne, fin troppo confidenziale. « Devo raccontarti chi esce con chi, chi vorrebbe uscire con chi e da chi devi stare alla larga. Io e te ce la spasseremo. »

In quel momento non m'importò più di nulla: né dei piedi né dei vestiti, né della paura di essere lontana da casa. Avvertii invece il brivido sorprendente dell'amicizia. Dentro di me, sentii una specie di frullio d'ali. Quel giorno capii che ti stavo simpatica ed ebbi la sensazione di espandermi, di espormi ai raggi del sole. Proprio in quel momento, iniziai a sentirmi una persona diversa. Mentre entravamo in acqua tra gli spruzzi, ripensai alle compagne di scuola, a quando ridacchiando mi soprannominavano « Suor Miriam ». Ripensai a quando mi prendevano in giro perché ero alta e magra, ma nella maniera sbagliata. Ripensai a quando mi stiravo i capelli a casa, di nascosto, se mia madre si distraeva, ma non ero mai riuscita a domare le onde nere che saltavano sempre fuori, per quanto le volessi punire. In quel momento, però, nulla aveva più importanza.

Quel pomeriggio ti confidai molte cose. Sorridesti quando ti raccontai che mia madre non credeva nelle parrucchiere. E scoppiasti a ridere quando ti spiegai che ogni due mesi, più o meno, i capelli ce li tagliava lei. Derek era quello che protestava di più, scappava dalla cucina e saliva le scale pestando i piedi. « No, mamma » gridava. « Non voglio sembrare uno che ha una scodella in testa. » Ma lei lo acchiappava sempre.

Mi ascoltasti annuendo, capivi benissimo. Ricordo di essermi chiesta come fosse possibile: mi ero appena lasciata alle spalle tutto ciò che conoscevo, eppure avevo la stranissima sensazione di essere tornata a casa.

I giorni successivi furono dorati, azzurri e luminosi? Di sicuro, non ricordo ore di pioggia. Anche allora, il clima insolito caricava di significato quelle settimane interminabili. Non era una normale estate irlandese: non era piena di sabbia umida e asciugamani appiccicosi, come le vacanze da piccoli.

Tutto risplendeva, fragrante della nostra amicizia, delle cose belle che sarebbero accadute.

*

Ero rimasta stupita quando mio padre mi aveva annunciato di avermi trovato un lavoro estivo. Mia madre mi ripeteva all'infinito che non poteva «fare a meno» di me. Ogni volta mio padre annuiva, come se stesse assimilando il precetto di una saggezza antica. Soltanto dopo ho capito che trovarmi quel lavoro era stato un gesto di sfida da parte sua. Aveva poco o nulla a che fare con me.

Noi «bambini» eravamo cinque: Michael era il più grande e il più tranquillo, poi c'ero io. Avevamo meno di un anno di differenza. Poi c'era Derek, lo sfrontato, seguito a breve distanza da Joey e Bernard, che chiamavamo sempre Barney. Due gemelli maschi occupano un sacco di spazio domestico, e loro non facevano eccezione. Quell'anno, quando ti conobbi, compivano undici anni. Passavo la vita ad aspettare che si liberasse il bagno o a riordinare al loro passaggio. Michael e Derek non erano poi così male, ma da loro, da tutti, mia madre non si aspettava alcun aiuto, niente: se lo aspettava soltanto da me.

Ricordo l'occhiataccia che aveva lanciato a mio padre all'annuncio di quel lavoro estivo.

Una sera gelida di febbraio. «Non credi che io abbia già abbastanza da fare?» aveva ribattuto. «Lo sai benissimo che non posso fare a meno di Miriam per tre mesi pieni. Ma cosa ti è venuto in mente?»

Quello che era venuto in mente a me: spazio, libertà, un posto tutto mio. Avevo cercato di nascondere l'impeto di gioia che avevo provato guardando papà là in piedi, le mani in tasca e la pipa ben salda all'angolo della bocca. Sapevo ormai che non dovevo contraddirlo quando stringeva i denti così e mi stupiva che mia madre non lo avesse ancora imparato.

Lui si era girato mentre la cucina scivolava in uno di quei silenzi tesi e pieni di echi. Si era seduto sulla poltrona, piazzata come sempre davanti al caminetto. Quella poltrona era l'unico posto caldo della casa. Aveva fatto frusciare il giornale. «Un po' di soldi in più ci faranno comodo» aveva detto in tono sbrigativo. «Non fai che ripeterlo, no?» E non aveva più alzato lo sguardo.

Mia madre si era girata lentamente, verso il lavello. Io ero sgattaiolata in corridoio e poi di sopra, in camera mia. Quand'ero ridiscesa, forse un'ora dopo, erano ancora là, quasi nella stessa posizione in cui li avevo lasciati.

«Di' a tuo padre che il tè è pronto» mi aveva ordinato mia madre, asciugandosi le mani sul grembiule a quadretti.

Io e te tornammo dalla spiaggia verso le tre del pomeriggio. In camera nostra, ti sedesti sul letto più in alto, lasciando le gambe penzoloni e facendole dondolare mentre io toglievo le mie cose dalla valigia. Ricordo di averti chiesto della tua famiglia.

«Tre sorelle» fu la tua risposta.

Provai un'immediata invidia. Sorelle!

«La più grande è Audrey, poi ci sono io. June ha un anno meno di me, e la piccola Megan ha solo dieci anni. Mamma dice che la viziamo da morire.»

Ascoltandoti, provai il colpevole desiderio di far parte della tua famiglia. Di avere una madre molto più giovane e affascinante della mia. Di abitare in una casa piena di allegria.

Di venire da una famiglia che non fosse sempre a corto di soldi.

«Un giorno ti ci porto» aggiungesti. «Mamma dice che la nostra porta è sempre aperta: c'è sempre posto per una persona in più.»

«Mi piacerebbe tantissimo» risposi, entusiasta. «Posso davvero venirci?»

Tu scoppiasti a ridere. «Ma certo! Davvero davvero.»

In quel momento vidi il futuro dispiegarsi davanti ai nostri occhi. Amiche per la vita. Io, te, perfino le tue sorelle. Quel giorno avrei voluto tutte le cose che sembravano riempire di promesse quella stanzetta. La rivedo com'era allora: uno spazio ristretto, in penombra, con le tende che non riuscivamo ad accostare, il mobilio squallido.

Per me però era il cuore luminoso e pulsante della nuova vita che tu mi offrivi: la nuova vita che stava per diventare mia.

Più tardi, quel primo giorno, conobbi anche Patricia. Era la più vecchia, e il suo lavoro consisteva nel gestire gli stagionali. Portava i capelli tinti di nero strettamente raccolti in uno chignon duro alla base del collo. Ai suoi occhi brillanti non sfuggiva nulla.

«Bene» mi disse, accendendosi una sigaretta. Mi studiò attraverso una nuvola di fumo. Ci faceva ridere perché spesso aveva due sigarette accese contemporaneamente. Te lo ricordi? Una appesa all'angolo della bocca, con il fumo che le faceva socchiudere l'occhio destro. Ma magari ne aveva già accesa almeno un'altra, e poi si era dimenticata subito dove l'aveva messa. A volte in un posacenere appoggiato sul lavello; a volte in equilibrio sul bordo del tavolo. C'erano piccole bruciature dappertutto. Quando passavano di lì i ragazzi le rubavano le cicche dai posacenere e le finivano fuori dalla porta posteriore dei prefabbricati dove dormivano i maschi. Sono sicura che lei lo sapesse. Comunque, non disse mai niente.

«Allora tu sei Miriam.»

Annuii.

«Io sono Patricia. Vieni da me per qualsiasi domanda, per qualsiasi cosa. Non andare a infastidire i direttori, capito? Hanno già il loro bel daffare.» Poi si mise a sfogliare un quaderno con la copertina rigida. Non alzò nemmeno gli occhi, così non le risposi. « Ti ho fatto mettere con Marie-Thérèse. » Mi guardò. « Inizi domattina a colazione. La responsabile della sala da pranzo è Monica, ti insegnerà lei: seguila per un paio di giorni e fai tutto quello che fa lei. Il primo giorno vi vedrete qui alle sei. La colazione comincia alle sette. »

Annuii di nuovo. « Okay. »

Patricia schiacciò la cicca nel piattino che aveva davanti. « Ti troverà lei un'uniforme e un paio di scarpe. Hai mai fatto la cameriera? »

Mi chiesi se servire quattro ragazzi e due adulti contasse. « Non proprio » risposi.

« Non ha importanza. Imparerai presto. Fai quello che ti si dice, non rispondere e sii educata con i clienti. Oh, e cerca di non ustionarli. » Rise di quella battuta. Più tardi venimmo a sapere del cameriere imbranato che era inciampato rovesciando una teiera sulle gambe di un anziano signore ignaro. Per fortuna prima si era attardato così tanto nella dispensa che il tè era arrivato tiepido.

Ma la sua storia era diventata uno dei molti aneddoti educativi di quell'estate.

Io credevo a tutto quello che mi veniva detto. Tu no. Mi dicesti che mi avresti tenuta d'occhio.

«Com'è andata?» fu la tua prima domanda la mattina dopo, quando si esaurì l'ondata iniziale della colazione. Avevo fatto quanto mi era stato detto, ma trovavo che quel lavoro fosse un incubo. Come avrei fatto a ricordare così tante cose tutte insieme? Sette tavoli, ventotto sconosciuti, ciascuno con diverse necessità e desideri. Pancetta, uova e salsiccia; pancetta e salsiccia ma senza uova; pancetta con fagioli e funghi. Salsiccia con funghi e pomodori. Le variazioni sembravano infinite. Mi chiedevo come ci riuscisse Monica, come ci riuscissero tutte quante: avevamo sette tavoli a testa, ma Monica sembrava non fare nessuna fatica, danzava su e giù per la sala da pranzo, minuta com'era. I clienti l'adoravano. Le donne rispondevano sempre al suo sorriso pronto. Guardavo gli uomini osservarla: il modo in cui dondolava i fianchi, il ritmo fluido del suo passo.

«I piedi mi fanno un male da morire» risposi. «Non vedo l'ora che finisca il turno.»

Tu mi sorridesti. «Non stancarti troppo. Stasera c'è un concerto da Lacey's, non scordartelo.»

Non ero mai entrata in un pub. Ma non mi sembrava il momento giusto per dirtelo. E poi, ero ancora piena delle ansie del mattino. Ribollivano dentro di me, come in un calderone traboccante di potenziali disastri.

«Concentrati su ogni cliente, quando ordina» mi aveva detto Monica. «Ti aiuta a ricordare quello che ti ha chiesto. Cerca di abbinare la faccia alla colazione. Non ridere: parlo sul serio. E non ti preoccupare, ti ci abituerai. Non cambiano mai ordinazione, quindi dovrai impararla solo una volta.»

Una volta ogni due settimane, cioè. Ogni due settimane la popolazione dell'albergo cambiava completamente. Mi era bastato un giorno per scoprire che non si trattava di un albergo nel vero senso della parola.

Era una colonia, aperta soltanto nei mesi estivi. I clienti venivano dal Nord dell'Inghilterra: operai e minatori che lavoravano tanto, bevevano forte, erano a corto di soldi ed erano invecchiati prima del tempo.

Il proprietario irlandese su queste caratteristiche aveva costruito un'attività commerciale: aveva individuato la nicchia di mercato e vi aveva puntato tutto. A ogni stagione si portava dietro per gestire la struttura una decina dei dipendenti più esperti provenienti dai suoi numerosi pub. Il resto del personale era composto da studenti. Ogni tanto alcuni di quelli che avevano più esperienza mugugnavano sulla «manodopera a basso costo» e io non capivo. Ero convinta di guadagnare una fortuna.

Il proprietario la guadagnava sicuramente. Ogni due settimane, enormi autobus scaricavano in aeroporto duecento coppie di anziani che venivano sostituite da altre duecento, identiche a quelle che le avevano precedute. Venivano un anno dopo l'altro, attirate dalla cucina casalinga, dalla lingua familiare; sedotte dalla prospettiva di giornate e mezze giornate trascorse in luoghi già noti, con tour organizzati e pranzi al sacco. Una vacanza « tutto compreso » prima che cose del genere diventassero ordinaria amministrazione. « Non ci serve altro, tesoro » mi aveva detto uno dei clienti più anziani, con voce asmatica. « Tutto pagato in anticipo e passa la paura. Mi bastano solo quattro soldi per le mie bevute e sto da papa. »

Li incontravo sempre alle sei del mattino, mentre andavo in sala da pranzo ad apparecchiare i tavoli. Li guardavo ciabattare in corridoio, in vestaglia. A quell'ora c'erano solo uomini: le mogli li avevano spediti a procurarsi il tè del primo mattino.

Ridevamo di loro. Tu li chiamavi « gli Spaventapasseri ». Ed era proprio ciò che sembravano. Fragili, secchi, informi nelle loro vestaglie scozzesi, con gli stinchi magrolini e le caviglie che spuntavano dalle pantofole di stoffa. Era come se non possedessero sostanza propria, come se le vestaglie e le cinture scozzesi servissero solo a tenerli insieme. Non potevano piacerti. Ma con il tempo imparai ad amare il loro umorismo, il loro stoicismo, la loro generosità. Davano le mance migliori che abbia mai ricevuto.

Di solito stuzzicavamo gli uomini. E loro rispondevano, ovviamente: eravamo carine e flirtavamo. Spesso dietro le nostre moine c'era qualcosa di tagliente, un fondo di scortesia che loro non coglievano mai: o forse sono io che adesso la vedo così, con tutta la consapevolezza del senno di poi.

« Guardali » mi dicesti una volta, dandomi di gomito mentre accennavi a un anziano signore e a sua moglie che si dirigevano lenti e irrigiditi verso la caffetteria del piano terra. « Non ti farebbe orrore finire così? »

Fu Tony, il direttore del bar, a parlarci degli straordinari. Era quasi la fine della mia prima settimana e cominciavo ad avere la sensazione che le cose fossero meno strane. Io e te eravamo sedute nella cucina del personale, a far durare il più possibile le nostre tazze di tè molto dopo che gli altri se n'erano andati. Avevamo finito i panini e avevamo un paio d'ore di libertà. Patricia era in fondo alla stanza a finire di lavare i piatti e ogni tanto ci lanciava occhiate impazienti.

« Le tazze ce le laviamo noi, Patricia » le dissi. « Non ti preoccupare: non lasceremo in disordine. »

« Potete anche pulire il tavolo e mettere gli stracci in lavatrice? » Ci guardò con un solo occhio aperto, la sua nuvola di fumo improvvisamente trafitta da un raggio di sole. Attraverso l'ampia finestra, vedevo la fila di vacanzieri che scendevano lungo la collina verso la mezzaluna di sabbia che si stendeva sotto di noi. Il lunedì non c'erano gite in programma, così i clienti dovevano arrangiarsi, cosa che non gradivano mai. Sembravano un lento drago cinese sfuggito a una parata. Erano armati di ombrelloni, giacche a vento, sedie pieghevoli, cestini da picnic di tutte le sfumature di rosso, giallo, blu elettrico, arancione. I colori brillavano nella luce.

Mi girai verso Patricia. La processione degli anziani verso la spiaggia mi aveva improvvisamente rattristato. « Sì » risposi. « Ci pensiamo noi. Rimettiamo tutto bene in ordine. Promesso. »

«Ottimo» commentò lei, con una sfumatura di riluttanza nella voce. Forse si aspettava che le chiedessimo di unirsi a noi, o non si fidava, non lo so. In ogni caso, non vedevamo l'ora di liberarci di lei. Si tolse lentamente il grembiule, si infilò sigarette e accendino nella tasca della giacca e andò verso la porta posteriore, rischiando di scontrarsi con Tony, che entrava.

«Buongiorno, signore» disse rivolgendo un cenno a Patricia. Ricordo che mi colpì, anche allora, come sembrasse non vederla nemmeno. Cioè, l'aveva salutata, ma non l'aveva vista. Non lei, Patricia. Era soltanto una donna qualunque che stava uscendo. Prima di chiudersi piano la porta alle spalle Patricia si voltò un istante a guardarci.

Tony si versò una tazza di tè e si sedette vicino a noi. A essere precisi, si sedette vicino a me, sulla panca lungo il tavolo. Di fronte a te.

«Ciao, Tony» gli dicesti. «Come va?» Dalla tasca dell'uniforme tirasti fuori il tuo pacchetto di Carroll's da dieci, e Tony si tastò immediatamente la camicia, in una comica e frenetica ricerca dell'accendino.

« Mi dispiace » disse, « mi sa che ho lasciato cicche e fiammiferi da qualche parte. »

Gliene offristi una, ma lui rifiutò. Quel rituale aveva cominciato ad affascinarmi. Si potevano fumare le sigarette di chiunque a patto che la restituzione fosse rapida e scrupolosa. Tra il personale giravano commenti velenosi su quelli che fumavano soltanto sigarette « DA ». All'inizio pensavo che si trattasse di una marca che non conoscevo. Tu per un po' me lo lasciasti credere, poi però ti feci pena. « Vuol dire Degli Altri: le sigarette degli altri, perché sei troppo avaro per comprartele da solo... capito? » Imparai che quelli che fumavano soltanto DA meritavano il massimo disprezzo.

Sorridesti a Tony, mentre ti accendevi la sigaretta e inspiravi profondamente. In seguito, quando iniziai a fumare anch'io, cercai di copiare i tuoi gesti eleganti, ma senza successo. Anni dopo, la prima volta che vidi Humphrey Bogart accendere la sigaretta a Lauren Bacall pensai subito a te.

Quel giorno, la presenza di Tony seduto vicino a me mi paralizzava. Sentivo di avere le guance in fiamme. Il cuore mi batteva così forte che ero sicura te ne fossi accorta anche tu.

« Be', che colpo di fortuna » disse lui « trovarvi qui. Volevo chiedervi una cosa. »

« Cosa? » Soffiasti un getto di sottile fumo azzurro verso il soffitto, senza staccare lo sguardo da quello di Tony. Poi i tuoi occhi incrociarono i miei, e credo che in quel momento tu abbia capito. Mi sentivo sollevata all'idea che Tony non stesse guardando me; che tu stessi reggendo la conversazione; che tu non ti aspettassi niente da me.

« Domani abbiamo una serata importante. » Tony sospirò. Parlava in fretta e nella sua voce colsi una sfumatura di preghiera. « C'è il nostro talent show e in genere viene un sacco di gente del posto. Ho bisogno di altro personale di sala, gente con un po' di esperienza per servire ai tavoli. Sareste interessate? Pagamento immediato in contanti e vi tenete le mance. »

Tu mi guardasti. Io riuscivo solo a pensare al braccio di Tony accanto al mio sul tavolo, i peli scuri e ispidi che si arricciavano sotto il polsino bianco della camicia. Desideravo così tanto toccarlo che sentii a malapena la tua domanda. Solo il mio nome. Poi Tony si girò verso di me, gli occhi di un azzurro luminoso e penetrante, e capii che finalmente ci si aspettava qualcosa da me.

« Aha » ricordo di aver detto. E poi, d'impulso, come se avessi deciso proprio in quel momento, aggiunsi: « Sì, perché no? Non abbiamo niente da fare, giusto? » Ti fissai, attenta a non guardare Tony. Con la coda dell'occhio notai che finiva di bere e poi sentii che posava piano la tazza sul piattino.

E tu: « Giusto. Avevamo un paio di progetti, ma niente che non possa aspettare. A che ora hai bisogno di noi, Tony? »

Lui si alzò e scavalcò la panca con un balzo leggero. « Diciamo alle sette » decise. « Gerry vi darà 'il salvagente' e vi indicherà un paio di ragazzi del posto che bisogna tenere d'occhio. E ci sarò anch'io, se avrete bisogno di chiedermi qualcosa. »

« Okay » rispondesti. « Ci vediamo là. »

« Sì » dissi io. « Ci vediamo domani. » Persino io mi accorsi che la mia voce suonava forzata, come se quelle parole mi uscissero a fatica.

Immagino che quello sia stato uno dei nostri momenti più significativi. Una di quelle cose che a ripensarci ora sembrano così chiare, ma che nell'istante in cui accadono ti sorprendono come un passo falso, una parola dura, un bicchiere lasciato cadere all'improvviso. Devi esserti accorta di come mi sentivo. Devi aver visto con quanta incoscienza e follia mi ero innamorata.

Ma iniziasti a raccogliere tazze e piattini dicendo: « Bene, diamo una lavata qui. Chissà come sarà il talent show ».

Quella sera andammo da Lacey's. Era affollatissimo. I tre pub del paese erano sempre strapieni, d'estate. La popolazione del paese aumentava di almeno dieci volte. Non per via dell'albergo, però: i clienti uscivano dai confini della proprietà soltanto di lunedì, quando dovevano organizzare il proprio tempo da soli, ma in altri giorni accadeva molto raramente. E poi il proprietario stava bene attento che i clienti della sua caffetteria non passassero alla concorrenza. Conquistava la loro fedeltà con panini e mini würstel a mezzanotte, sconti sulle birre e «intrattenimenti» serali che andavano dai cosiddetti talent show a una serie di comici sconosciuti e un po' depressi che avevano fatto il loro tempo.

All'epoca, però, il paese era pieno di B&B, case di vacanza, campeggi e agricoltori che, se il tempo era buono, affittavano un prato o due ai campeggiatori. A quei tempi nessuno si preoccupava molto di fornire «servizi»: se volevi dormire in tenda, be', il bagno andava dal mare ai campi che ricoprivano l'intera contea a nord di Dublino. Ci tornai una volta, circa vent'anni fa, in una di quelle grigie giornate invernali in cui la curiosità mi aveva reso ancora più irrequieta del solito.

La nostra baia era deserta. Nessuna traccia delle foche grasse e baffute che strappavano gridolini di gioia ai bambini dei cottage vicini. Il mare lambiva il frangiflutti con piccole onde esitanti. Lungo la linea dell'acqua, il frangiflutti era verde, fitto d'alghe e ovunque si vedeva una patina di gasolio, un arcobaleno oleoso sulla superficie calma.

L'albergo era scomparso da tempo, raso al suolo, come se tutti noi non fossimo mai esistiti. Ma lo sapevo già. Mi ero tenuta aggiornata sulle sue alterne fortune, nel corso degli anni. Quello che non sapevo era che avevano chiuso anche i pub e l'ufficio postale, che nei mesi estivi fungeva da negozio di generi alimentari di prima necessità.

Andavamo lì a comprare il gelato. Poi ci sedevamo sul frangiflutti, dondolando le gambe, a guardare la gente. Avevamo visto nascere delle storie tra i ragazzi del personale. Le osservavamo accendersi come fiamme e poi spegnersi. Sapevo bene che quando si trattava di cogliere le reazioni chimiche tra le persone, sembrava che tu avessi un sesto senso. La signora Patton, la direttrice dell'ufficio postale, teneva in negozio pane e latte, e ogni tanto una confezione di prosciutto cotto. Vendeva anche pomodori, l'eccedenza che si accumulava ogni anno in zona. Ceste di pomodori della contea a nord di Dublino con la polpa lucida, di un verde splendente, i piccioli che odoravano di piscio di gatto. Pomodori veri. Ne sento ancora il sapore. La signora Patton, però, era più nota per il tè che vendeva ai vacanzieri che si portavano il pranzo al sacco. Quell'estate – la nostra estate – aveva anche investito in una di quelle macchine argentate che, ronzando, emettevano morbidi riccioli di gelato istantaneo.

La signora Patton era un tipo astuto. Mentre le madri facevano la fila per il tè, i ragazzi avevano il tempo di notare la macchina del gelato nell'angolo, con l'enorme pubblicità delle barrette di cioccolato Cadbury e dello sciroppo al lampone per preparare i coni «99». Nessuna mamma scampava al suo fascino. Quella stagione la signora Patton deve aver fatto buoni affari: anche allora le estati calde erano rare. Poi l'ufficio postale era stato chiuso, ma trent'anni dopo fuori c'erano ancora i cartelli: sembrava quasi carino come allora. I pub chiusi e sbarrati, invece, non erano più quelli di una volta.

Solo per un istante, in quel pomeriggio d'inverno, esitai. Stavo per andare alla macchina e rientrare a casa, dimenticando persino la ragione per cui ero tornata lì. Poi la curiosità mi spinse a proseguire. Attraversai il campo fangoso che portava da Lacey's e scoprii che la finestrella sul retro – vicino al posto dove ci sedevamo sempre – era sfuggita all'attenzione dei vandali locali. Il pannello di vetro sporco era ancora intatto.

Mi arrampicai, goffamente, su una cassa di plastica rovesciata e cercai di guardare dentro. Mi sembrò di vedere la sagoma scura del bancone di quercia del bar, ma non ne ero sicura. Il giardino era completamente invaso dalle erbacce, le botti di legno marcite, il vecchio steccato puntellato qui e là in un fiacco tentativo di tenere fuori gli animali, immagino, o i vagabondi, o la disincantata gioventù locale.

La prima sera che andammo da Lacey's è impressa a fuoco nella mia memoria. Non solo non ero mai entrata prima in un pub, ma non ero nemmeno mai stata a un concerto dal vivo. Entrando, il fracasso era assordante. Anche il caldo sembrava rumoroso. I clienti traboccavano in giardino, dove alcune botti tagliate e casse di plastica formavano tavolini e sedie improvvisati.

Era una serata ancora piena di luce. Sulla collina alla nostra destra c'era il luna park. Vedevo le barchette della giostra con le loro chiassose decorazioni gialle, rosse e arancioni, sentivo l'eco metallica della musica trasportata dalla brezza serale. Immaginavo i gridolini dei bambini che cercavano di spingersi sempre più in alto, proprio come avremmo fatto anch'io e te quell'estate, un paio di volte. La spiaggia sottostante era punteggiata di gruppi di persone, alcune gironzolavano, altre ne percorrevano determinate l'arco. I bambini correvano verso le onde, i cani si inseguivano. Anche in quel momento, i suoni e le immagini di quel paesino d'estate mi riempivano dell'intensa nostalgia per l'infanzia che non era mai stata mia.

« Cosa prendi? »

Trasalii. « Cosa? »

Alzasti gli occhi al cielo, per poi scoppiare a ridere. « Da bere! » Ti avvicinasti e fu come se il rumore del pub si smorzasse all'improvviso.

«Oh... non lo so. E tu?»

Ti vidi esitare. «Hai mai bevuto?»

Stavo per mentire, ma mi lanciasti un'occhiata. «No» ammisi.

«Okay» fu la tua risposta. «Ti prendo un vodka orange, ma ti fermi quando te lo dico io, va bene?»

Annuii, felice. «Va bene» dissi. Non riuscivo a smettere di sorridere. Scoppiavo di ottimismo. Il mondo mi sembrava pieno di esperienze nuove ed emozionanti. Insieme a te sentivo di aver quasi scordato gli spazi grigi e freddi della casa dei miei genitori. Poi la musica cominciò sul serio. In casa mia non c'era mai stata musica. La radio, sintonizzata sempre su Radio Éireann, veniva accesa solo per il notiziario, l'Angelus e, ogni tanto, per la messa di Natale o di Pasqua trasmessa da qualche posto importante. La televisione era strettamente riservata ai programmi ritenuti «educativi». Mia madre non credeva nell'intrattenimento. A volte, il giorno di San Patrizio, nelle lente ore pomeridiane dopo la parata, la cucina si riempiva di musica tradizionale, ma non era affatto simile a questa. Niente del genere.

Due violinisti, un suonatore di *bodhrán* e un uomo con una fisarmonica erano seduti a un tavolino piazzato al centro della sala. Nessuno si stringeva loro attorno o cercava di avvicinarsi mentre suonavano. Ogni tanto i camerieri mettevano loro davanti con rispetto dei bicchieri di birra e poi si ritiravano. L'energia della musica elettrizzava l'aria circostante, alimentava i piedi che tenevano il tempo, le mani che battevano, le conversazioni animate che i loro strumenti sembravano intrecciare l'uno con l'altro.

La mia reazione fu così inattesa, così stupefacente che mi ci volle un po' a capire cosa provavo. Era sconcerto, per le mie stesse lacrime.

Più tardi, un ragazzino timido con le *uilleann pipes* si portò la sedia al centro della sala e si sedette, mentre gli altri musicisti arretravano con il tavolino nell'ombra, dove rimasero ad ascoltare. Non credo che quel ragazzo avesse più di quattordici anni: due buoni meno di me, la stessa età di Derek. A un tratto sentii la mancanza di mio fratello, della sua faccia impudente, del suo essere incapace di restare a testa bassa quando mamma si infuriava. «Non ce la faccio» mi diceva sempre. «Non posso lasciargliele passare tutte.» Mentre quel ragazzino sistemava lo strumento, nel pub calò il silenzio, in attesa che iniziasse. Quando sentii la musica, quelle melodie limpide e tristi mi emozionarono. Era come se dentro di me qualcosa avesse spiccato il volo. Sento ancora il ritmo nelle piante dei piedi. Sento il calore che mi intiepidiva il sangue mentre sorseggiavo i cocktail che tu prendevi al bar. E ricordo ancora quella sensazione che ormai stavo imparando a conoscere. La sensazione di una vita che, finalmente, cominciava: in qualche modo, la mia storia stava per iniziare.

Più tardi, nella nostra camera, con la lingua sciolta da quattro vodka orange, cercai di parlarti di Tony. Ma tu ti girasti dall'altra parte con uno sbadiglio, spegnendo la luce. «Domani, Mir. Parliamone domani.»

Ma il domani arrivò, e tu non nominasti più Tony. Un istinto nuovo, che si affinava lentamente, mi spinse a tenere a freno la lingua.

Ci sarebbe voluta l'intimità dell'avventura che vivemmo insieme qualche settimana dopo per darmi il coraggio di riprovarci.

La settimana dopo prendesti insieme a me l'autobus per tornare a casa. Era la mia giornata libera, e tu avevi appena finito il tuo periodo alla reception. Il giorno dopo avremmo lavorato insieme in sala da pranzo. Per una volta sarei stata io a insegnarti le basi. Dopo sole due settimane, stavo diventando più competente. Ormai padroneggiavo le ordinazioni della colazione e c'ero riuscita più rapidamente del previsto. Pranzo e cena offrivano agli ospiti una scelta limitata, e quindi le mie giornate lavorative diventavano sempre più facili. «La gente non vuole prendere decisioni, durante le vacanze» mi aveva detto Monica. «Almeno, non questi qui. Il mangiare è buono, ce n'è un sacco, e ogni sera si va al bar.»

Ripensandoci, immagino che mi rendesse

felice saper fare delle cose, e che Monica e le altre dicessero che ero «sveglia». Mi faceva pensare che, dopo tutto, papà avesse ragione: forse meritavo di più della vita che mia madre aveva progettato per me. E comunque, mi avevano appena pagato le prime due settimane e non vedevo l'ora di pavoneggiarmi a casa, di consegnare personalmente lo stipendio. Avevo bisogno che mamma vedesse di cos'ero capace. Quando l'avevo chiamata dalla cabina del paese, mi era sembrata quasi contenta di avere mie notizie. «Sono undici sterline la settimana, mamma, pagate subito. E alla fine, se resti per tutta la stagione, ti danno un premio di due sterline la settimana.»

Scendendo dall'autobus trovammo ad accoglierci mio fratello Michael. Mia madre doveva avergli detto a che ora saremmo arrivate. Notai come ti guardava. Non so perché, ma fino a quel momento non avevo mai pensato a Michael come a un uomo. Era ancora un ragazzo, con tutte le caratteristiche irritanti dei ragazzi. Ma quella mattina lo vidi spalancare gli occhi. Un profondo rossore si diffuse sulle sue guance. In quel momento mi sembrò che mio fratello cambiasse: e credo che sia cambiato davvero.

Con i miei genitori fosti magnifica. Ovviamente, mio padre ti prese subito in simpatia. Pranzò con calma, soffermandosi a tavola più a lungo del solito. Credo che ci sarebbe rimasto tutto il pomeriggio se la silenziosa disapprovazione di mia madre non fosse stata così palese. Lei fu molto più diffidente con te, proprio come mi ero aspettata, ma quando ce ne andammo, quel pomeriggio, fece un sorriso quasi affettuoso. Prima, di sopra, da sole, le avevo consegnato la busta paga. Mi aveva dato un bacio sulla fronte, un bacio asciutto, lieve. Non riuscivo a contenere il mio entusiasmo, la mia nuova sensazione di maturità. «Sarà un bell'aiuto per i libri di scuola e il resto, no?» Non mi sfuggì la sfumatura implorante della mia stessa voce.

Lei mi guardò senza che potessi decifrare la sua espressione. Sembrava combattuta, in qualche modo. «Sì» rispose. «Sicuramente.» Al momento di andarmene, quasi mi abbracciò. «Sei una brava ragazza» disse.

«Una brava ragazza.» E mi infilò in mano una banconota da dieci scellini, un cilindro arancione avvolto stretto stretto, non più grande di una sigaretta. Michael e Derek non notarono nulla, credo. Avevano occhi solo per te.

Rimasi stupefatta, e subito dopo fui colta da un caldo senso di colpa. Abbassai lo sguardo sulla mano di mia madre, ancora posata sul mio braccio. Avrei voluto dire qualcosa, ma non ci riuscii. Non potevo parlarle di tutti gli straordinari che avevamo fatto. Dirle che quegli altri soldi erano miei: per la prima volta, per farci quello che volevo. Tuttavia, guardando le sue nocche deformi e artritiche mi vergognai. Le ricambiai quel rapido abbraccio, felice che papà non fosse lì ad assistere. Non sarei riuscita a dargliela a bere.

Dopo la nostra visita, quell'estate Michael prese l'autobus da Dublino due o tre volte per venire a trovarci, ma in realtà per vedere te. Quando te ne andasti, verso l'inizio di agosto, lo vidi diventare sempre più triste.

Ma a quel punto ormai era tutto cambiato.

*

Una sera di qualche mese prima, forse in marzo, avevo sentito in cucina le voci arrabbiate dei miei. In quella casa i rumori viaggiavano: filtravano dalle assi del pavimento e dalle porte chiuse; si insinuavano nei corridoi, trapassavano le sottili pareti divisorie. Apparentemente, seguivano lo stesso percorso dell'aria fredda che era una presenza costante. I miei stavano litigando a causa mia.

«È abbastanza grande» avevo sentito dire. «Ha un buon diploma. Cosa c'è di sbagliato in un corso commerciale?»

Avevo dovuto faticare un po' per sentire la risposta di papà. Era una delle sue strategie. Più mia madre diventava isterica, più lui parlava a bassa voce: «... di sicuro non un corso commerciale. Miriam è sveglia, merita di più».

Anche mia madre doveva avere abbassato la voce, perché avevo sentito soltanto due parole, ma pronunciate con enfasi: «Quattro maschi».

La risposta di papà era stata rapidissima:

una replica secca, roca, violenta. A voce alta, aveva ribattuto che non aveva bisogno che qualcuno gli ricordasse le sue responsabilità verso i figli, e come osava lei parlargli in quel modo.

Avevo trattenuto il fiato e mi ero chiesta quando sarei riuscita finalmente ad andarmene per sempre. Lasciarmeli tutti alle spalle e iniziare a vivere la vita che credevo mi aspettasse là fuori, da qualche parte.

Nelle settimane successive le serate al bar con Tony divennero un'abitudine. Gli straordinari non scarseggiavano di certo e presto imparai che bastavano un sorriso e una parola gentile a far piovere le mance. Quella prima sera, come d'accordo, arrivammo alle sette. Gerry, il vicedirettore, era già lì e sistemava i posacenere, spostava le sedie, distanziando più del solito i tavolini tondi. Per quella sera c'erano anche le candele: bianche e tozze, su ogni tavolino, e accanto in un minuscolo vasetto un fiorellino di carta rossa.

« Bene, ragazze » disse. « Seguitemi. »

Ci diede dei vassoi e un bicchiere da birra a testa contenente un «salvagente». Non avevo capito quella parola quando Tony l'aveva pronunciata, ma avevo taciuto per non mostrare quant'ero ignorante.

«Prendete gli ordini ai tavoli e pagate al bar con il vostro salvagente» disse Gerry. «Poi i clienti pagheranno voi.» Tu avevi l'aria annoiata. L'avevi già fatto prima. E poi Gerry non ti piaceva. Era piccolo, tondo e incline alla calvizie. Credo che tu non lo guardassi nemmeno. «Vi daremo cinque sterline in moneta, per il cambio» continuò Gerry, asciugandosi la fronte già sudata, «tenetele al sicuro nel bicchiere. Dovrete renderle a fine serata. Se sbagliate a dare il resto, ci rimetterete i soldi delle mance. Domande?»

Non ne avevamo.

La serata cominciò con un gran fracasso: quando Tony aprì le porte centinaia di persone si riversarono nella sala. Ero felice di poterlo osservare, di guardare come i capelli neri, un po' troppo lunghi, gli accarezzavano il colletto della camicia, come si muoveva nella sala. Lanciavo un'occhiata nella sua direzione ogni volta che potevo. Di tanto in tanto lui incrociava il mio sguardo e mi sorrideva. Ogni volta mi sentivo arrossire.

I clienti ci misero qualche minuto a sistemarsi. Tutti volevano stare vicino al palco per vedere il talent show. Ricordo qualche sconveniente spintone. Era come se, nel cercare di ottenere ciò che volevano, avessero acquisito una forza nuova e stupefacente. Niente strascicare di pantofole, quella sera.

Cominciarono subito a piovere le ordinazioni. Per me era una questione d'orgoglio essere la più rapida: quella sera c'erano sette ragazze e sette ragazzi. Non ci fermammo un momento. La tasca del grembiule, piena di monete, era diventata pesante. Che entusiasmo: il peso delle mance, quei soldi tutti miei e guadagnati soltanto con un po' di gentilezza.

A te non la si faceva. Prendiamo per esempio Eddie, il vicebarman, e quello che successe la prima sera. Dandomi di gomito, ancora prima che iniziassimo a lavorare mi avevi sussurrato che non c'era da fidarsi di «quel pischello». Da te stavo imparando che la gente non è sempre come sembra.

Verso la fine della serata ti vidi appoggiata al bar, che parlavi con Eddie. Mi accorsi subito che qualcosa non andava. Avvicinandomi, vi sentii discutere.

«Non sono una stupida» dicevi. «So benissimo che cosa hai fatto. Ed è meglio che tu ci metta una pezza.»

Lui si strinse nelle spalle, senza staccare gli occhi dalla leva mentre spillava una pinta di Guinness. Alla fine si frugò in tasca e sbatté qualche moneta sul bancone, davanti a te. Senza aprire bocca e senza nemmeno guardarti.

Tu ti girasti. Avevi gli occhi in fiamme, le guance arrossate.

«Cosa c'è?» chiesi.

«Quello stronzo ha sbagliato apposta a darmi il resto, e non una volta, ma due. Stai attenta. Credo che lo stia facendo da tutta la sera.»

Ricordo ancora lo shock. Quel comportamento oltraggioso mi lasciò senza parole. Non mi era mai passato per la testa che uno di noi potesse cercare di imbrogliare gli altri. Vivevamo tutti a stretto contatto: mangiavano insieme, andavamo in spiaggia insieme. Ci incrociavamo costantemente, tra un turno e l'altro, all'albergo, o in uno dei tre pub del paese. Come poteva Eddie fare una cosa del genere? In fretta, contai le monete del mio salvagente. Mi mancavano due sterline buone. Assaporai la costernazione: una sostanza granulosa, simile a cenere, mi riempì a un tratto la bocca. Ma non l'avevo colto sul fatto, come te. Non avevo prove.

«Lo dico a Tony» decidesti poi. «Quella merda non deve passarla liscia.»

Avverto ancora la fitta di gelosia che mi tolse il fiato. Ero stata troppo lenta, troppo stupida per capire.

Se fossi stata più intelligente, avrei avuto un ottimo motivo per parlare con Tony. Per cercarlo. Per costringerlo a notarmi.

1973: quest'estate sono passati esattamente quarant'anni. Ora ci sono così tante cose che dimentico; e così poche spiccano ancora, nette. Ma più mi allontano da quei giorni, più la mia memoria si affina.

*

Verso la fine di giugno, una mattina mi svegliasti alle quattro e mezzo, un'ora buona in anticipo sulla sveglia. La sera precedente ero andata a letto un'ora o due prima di te, stanchissima dopo un doppio turno e due sere di straordinari: un sacco di ore in piedi. Tu invece non sembravi mai a corto di energie: riuscivi sempre ad attardarti con gli altri dopo le pulizie serali, bevevi un paio di bicchieri, andavi a letto alle due e alle cinque e mezzo eri già in piedi. Allora non capivo.

E poi soffrivo. Non riuscivo a farmi notare da Tony, quand'ero con lui. A essere sincera, non sembrava che lui notasse nessuno di noi. Aveva circa cinque anni di più di quasi tutti gli studenti che lavoravano là; quelle estati non erano più una novità per lui. All'epoca ricordo di aver pensato che probabilmente non vedeva l'ora di tornare alla sua vita cittadina. Quella sera in particolare, l'idea mi deprimeva. Ero andata a letto cercando di non pensarci.

La mattina dopo sentii che qualcuno mi

scrollava la spalla, insistente. Per un istante pieno di sogni, credetti di essere di nuovo a casa, in camera mia. Respinsi a fatica un'ondata di delusione. Quel pensiero rischiava di trascinarmi nuovamente nel torpore.

« Miriam, svegliati. »

Poi capii che eri tu. Ero ancora là, in quell'altra vita che stava rapidamente diventando mia. A un tratto ero del tutto sveglia. « Cosa? Cos'è successo? Non ho sentito la sveglia? »

Tu ti sporgesti dal letto sopra il mio, i tuoi capelli una cortina luminosa contro le tende blu. « Stammi a sentire. » Il tuo viso era in ombra, ma si capiva che eri emozionata. « Ho. Un. Piano. »

« Un piano per cosa? »

Saltando giù, spalancasti le tende che comunque non riuscivano a tener fuori la luce. « Un viaggio. » La tua voce era incrinata dalla gioia. « Io e te. Tre, forse quattro giorni. »

Non capivo. « Un cosa? »

« Un viaggio! Noi due insieme! Prendiamo una macchina e andiamo, non so, a Galway. O magari a Cork. In un posto dove non siamo mai state! Un'avventura, Miriam! Partiamo per un'avventura! »

Non avevo mai avuto avventure. Quel lavoro era la cosa più vicina a un'avventura che avessi mai vissuto. Ti guardai e vidi l'entusiasmo sul tuo viso, il modo in cui ti brillavano gli occhi. Mi alzai faticosamente a sedere, spingendo via le coperte. « Quando? E come? »

Tu scoppiasti a ridere in quella luce fioca, la camicia da notte che ti aderiva alle curve mentre facevi una bella piroetta e un elegante inchino. « In macchina, naturalmente! » Avvicinando la faccia alla mia, strizzasti l'occhio.

« Quale macchina? E chi guida? » La tua energia era contagiosa. Ancora una volta mi sentii come al pub, da Lacey's, quand'era partita la musica, quando la felicità mi aveva invaso le vene. Un eccesso di sensazioni ribolliva sotto la superficie: cose come la gioia, un senso di possibilità, un intero mondo di libertà.

« La macchina di Gerry, ovvio. E guido io! »

Non ero sicura di aver sentito bene. E non

avevo idea che sapessi guidare. Probabilmente avrò fatto una faccia allibita.

«Gerry» ripetesti. «Sai, quel tizio con la pelata...»

«So chi è Gerry» ti interruppi. «Solo che non capisco perché prendiamo la sua macchina.»

«Ma che importanza ha?» rispondesti, impaziente.

Cercai invano una risposta. Avevo l'impressione di non avere superato un esame.

«Se proprio vuoi saperlo, Gerry è bloccato qui per le prossime tre settimane. Barry gli ha tolto le ferie. Uno dei suoi colleghi sta male. E quindi...» dicesti con un'altra piroetta «... ieri sera gli ho chiesto se può prestarci la macchina, e lui ha detto di sì.»

La tua espressione era piena di trionfo. Finalmente compresi cosa mi stavi offrendo. «Tre o quattro giorni pieni, lontano da qui? Da sole?» Rapidamente, calcolai quanti soldi avevo risparmiato. Il respiro mi divenne affannoso.

«Esatto. Abbiamo comunque diritto a due giorni di riposo; per il terzo possiamo scambiare il turno con le altre ragazze e la prossima settimana ce ne andiamo! »

« Possiamo fare qualche straordinario in più al bar » aggiunsi subito. « Ieri sera ho avuto tre sterline di mance, stanno cominciando a conoscerci. Faremo soldi a palate! » Stavo quasi urlando. Finalmente la maturità, in cui non avrei dovuto rendere conto a nessuno, in cui avrei potuto imparare a volare.

« Forza » dicesti. « Laviamoci e vestiamoci. Prima di colazione ti faccio vedere la macchina. »

Credo che sia stata la mia prima bugia, o almeno la prima così consapevole. Cioè, avevo già raccontato qualche frottola, ogni tanto, bugie innocenti per quando tornavo tardi dalla biblioteca, ma non avevo mai architettato un vero inganno.

Mia madre ci era rimasta male. « Se non puoi tornare a casa, riesci almeno a spedire i soldi con un vaglia? » mi aveva detto. « Questa settimana Joey e Barney hanno bisogno di scarpe nuove. Ormai non gli va più bene niente.» L'aveva detto con un tono, come se i gemelli l'avessero fatto apposta per infastidirla.

«L'ufficio postale è chiuso» le avevo mentito Ero sollevata al pensiero che non potesse vedermi in faccia. Pregavo che mio padre non venisse all'albergo quella settimana – o la successiva – per una delle sue periodiche visite di manutenzione. Mi avrebbe smascherato subito. «La signora Patton è in vacanza fino alla fine della settimana prossima. Ti mando i soldi appena possibile.»

Avevo già calcolato quanti doppi turni avrei dovuto fare per rifarmi della perdita. Ma in quel momento volevo soltanto guadagnare tempo. E per la prima volta nei miei sedici anni di vita ero irrequieta. A una parte di me non importava se mio padre o mia madre mi avessero scoperta, a patto che accadesse dopo il viaggio. In quel momento li sentivo lontanissimi da me, come se tra di noi fosse stato reciso un legame essenziale. A un tratto quella nuova, enorme distanza mi sembrò ovvia.

« Be', immagino che dovrò portare pazienza. »

L'avevo sentita sospirare. Un sospiro di insoddisfazione che, per una volta, non mi turbava affatto. Provavo solo esultanza. Come se fossi sfuggita a un destino spaventoso.

« Devo andare, mamma » avevo detto. « Tra mezz'ora sono di turno. »

Un'altra bugia: stava diventando facile raccontarle. Era il mio pomeriggio libero. Stavo per scendere in spiaggia con te, e con Gary, Brian e Colm; con Nessa, Megan ed Evelyn.

Il resto di quella settimana trascorse in un'attesa febbrile. Ogni giorno ci sedevamo nella macchina per una mezz'ora e programmavamo il viaggio. Dico « programmavamo », ma in realtà non avevamo la più pallida idea di dove andare. « Seguiremo il primo cartello » dicevi tu, « basta che non porti a nord. » La macchina era tozza, bianca e minuscola: una Fiat 500 con la tappezzeria graffiata e un posacenere pieno da scoppiare. Tu facesti parecchie volte il giro del parcheggio, finché non smettemmo di sobbalzare e ingolfare il motore. Non ti sfuggiva la mia muta domanda.

«Sono fuori esercizio» dicesti. «Non guardarmi così.»

Il giorno seguente, dopo pranzo, arrivasti nelle cucine del personale. «Gerry mi ha appena spiegato che devo fare la doppietta» mi dicesti. «Ecco perché si spegneva sempre il motore.»

Non avevo la più pallida idea di cosa significasse, ero solo felice che non avrei più rischiato di picchiare la testa contro il parabrezza ogni volta che giravi la chiave dell'accensione.

Quando arrivò il martedì mattina, ultimammo i preparativi tra i sussurri. Non volevamo svegliare gli altri: per la nostra partenza non volevamo né consigli né pubblico. Tu avevi un enorme zaino arancione che entrava appena nel bagagliaio. Avevamo deciso di dividercelo: la mia valigia era troppo imbarazzante, troppo vecchio stile per entrare in quell'avventura. Ci infilammo nella macchina, e tu mi affidasti una borsa di morbida stoffa scozzese. «Aprila.»

Dentro c'era una Kodak Instamatic. « Tu sei la fotografa ufficiale dell'Avventura. » Un gran sorriso. « Vogliamo le prove di tutto quello che faremo! »

Partimmo alle cinque, mentre l'alba già si arrampicava sui tetti del paese. Rubacchiammo qualcosa in cucina: panini, prosciutto, formaggio. Tu avesti perfino la presenza di spirito di preparare un termos di caffè.

« Galway » annunciasti a un tratto, mentre ci lasciavamo alle spalle le strade del paese. « Ho deciso. Galway, di sicuro. »

Ero troppo felice per dispiacermi di non avere avuto una parte nella tua decisione. Abbassai il finestrino, mi tolsi i sandali e misi i piedi sul cruscotto. L'aria fresca entrava come uno spruzzo d'acqua di mare sulla pelle. Scoppiai a ridere così, senza motivo, e per tutti i motivi del mondo.

Tu ti girasti sorridendo. « Ecco » e mi lanciasti il tuo pacchetto di sigarette. « Accendine una per ciascuna. »

« Davvero? »

« Perché no? Devi vivere! »

Ne accesi due contemporaneamente, aspirando come avevo visto fare a Patricia. Poi te ne porsi una. Stranamente, non mi sembrò sgradevole come avrei creduto. Non mi misi a tossire, a sputacchiare, e nemmeno diventai verde. Tu me l'avresti detto, se avessi cambiato colore. Inalai il fumo fino in fondo, sentendo la testa accendersi e le dita che iniziavano a formicolarmi.

Tu lanciasti un'occhiata caustica, obliqua.

«Bene, bene» dicesti. «Ma guarda. Chi l'avrebbe detto che la piccola Miriam fosse una fumatrice nata.»

Proprio così. Ne fui assurdamente fiera. Non ti confessai che provavo anche una lieve nausea. Ero determinata a perfezionare quella mia abilità. Reggere la sigaretta mi dava sicurezza. Potevo fingere di avere dita allungate ed eleganti come le tue, di non avere le unghie brutte e rosicchiate. Potevo fingere che il fumo che aspiravo mi aiutasse ad assorbire anche un po' del tuo fascino.

Ma soprattutto, era un'altra via di fuga: come la musica, come i vodka orange, come il brusio in cui ero immersa quando servivo ai tavoli... tutto mi aiutava a fingere di non essere chi ero.

Facemmo sosta ad Athlone. Il viaggio era stato sfiancante. Una sola corsia, per tutto il tempo. Tu bestemmiavi come un turco ogni volta che finivamo bloccate dietro un trattore. Quando arrivammo ad Athlone ormai superavi in maniera sempre più spericolata e fui felice che ci fermassimo.

«Benvenuti nel cuore d'Irlanda. Con il pacemaker» annunciai. Era una frase di mio padre. Una delle molte con cui ero cresciuta. Aveva una vena ironica sorprendente, mio padre.

La tua improvvisa risata mi stupì. «Bella! Divertente. Me la ricorderò.» Ti guardasti intorno scuotendo la testa. «Cristo. Che discarica, anche con il sole.»

Io fotografavo tutto. Volevo ricordare ogni minuto, perfino quelli grigi.

Dovevamo fare benzina. Io dovevo anche sgranchirmi dopo le ore passate accartocciata sul sedile anteriore. Comprammo del cioccolato, ricordo, e ci sedemmo in una stradina secondaria che portava a un quartiere residenziale tutto grigio, a destra della stazione di servizio. Dopo il cioccolato, bevemmo il caffè del termos, fumando. Proprio mentre stavamo per ripartire, balzasti giù dalla macchina esclamando: «Merda! Quasi mi dimenticavo!» Corresti al baule per poi metterti a frugare nello zaino. Io non avevo idea di cosa stessi cercando. Intanto, avevo appena scoperto che il finestrino dalla mia parte si apriva con facilità, ma si rifiutava ostinatamente di richiudersi.

«Guarda!» esclamasti. «Pensa se mi fossi dimenticata di portarle!»

Stavi parlando di una decina di cassette, alcune nella loro custodia di plastica, altre no. Me le buttasti sulle ginocchia. «Trova Neil Young. Si intitola *Harvest*. È fantastico, altroché.» Trovata la cassetta giusta, vidi che ne usciva un pezzo di sottile nastro marrone, che mi si srotolava sulle gambe in una grande S lucida. Non sapevo cosa fare.

«Prendi.» Mi porgesti una biro mostrandomi come riavvolgere il nastro nella cassetta, continuando pazientemente a girare la penna nel foro.

«Funzionerà ancora?» Ero scettica.

Tu mi indicasti il registratore. «Provala.»

All'inizio non successe niente.

«Premi *rewind*» aggiungesti, impaziente. «Gerry ha detto che lo stereo funzionava. Prova di nuovo.»

Premetti *play*. La cassetta partì subito.

«Alza!» dicesti. «Al massimo!»

La macchina si riempì di musica. Era come se quella minuscola Fiat fosse diventata un gigantesco altoparlante. Era come se ci trovassimo all'interno della musica, a galla in un punto indeterminato tra mondi diversi. Tu cantasti a squarciagola le prime due canzoni: a dirti la verità, avrei preferito che tacessi. Era musica diversa da qualunque altra avessi sentito prima. Volevo ascoltare la strana voce eterea di Neil Young. Poi smettesti da sola.

«Ascolta. Adesso la pianto e tu ascolti. Conosco queste canzoni a memoria dall'anno scorso. Vorrei essere io, quella che le ascolta per la prima volta.»

Proprio come quella sera da Lacey's, la

musica cominciò a smuovermi dentro una certa irrequietezza. Mi sembrò che mi si aprissero la testa e il cuore, che il mio io si espandesse e si librasse verso l'alto, che al posto della vecchia me stessa qualcosa di nuovo, vitale ed eccitante stesse mettendo radici. Seguii i ritmi di *Heart of Gold*, ascoltando il testo con la sensazione di sentire per la prima volta parole di saggezza. Ricordo di aver pensato che fossi tu il « cuore d'oro » che cercavo da tutta la vita. Non mi ero mai resa conto che l'amicizia potesse avere un tale potere. « Pazzesco » dissi. « Questa musica, questo viaggio, quest'ultimo mese. » Poi mi interruppi, non ero sicura di poter dire ciò che stavo per dire. Sentivo che mi si riscaldavano le guance, sapevo che le lacrime stavano per pizzicarmi gli occhi. « Non ho mai avuto un'amica come te. »

Tu mi prendesti la mano, stringendola. E mormorasti qualcosa, forse « che dolce ».

Più tardi, molto più tardi, trovammo Father Griffith Road, dove c'era il nostro B&B. Eravamo contente di scendere dalla macchina; da Athlone ci avevamo messo tre ore, avevamo mancato un paio di svolte e seguito un paio di indicazioni sbagliate. E stavamo morendo di fame. «Laviamoci e cambiamoci» dicesti tu, prendendo lo zaino dal bagagliaio. «Poi andiamo in città.» Dopo aver suonato il campanello, entrammo in un ingresso in penombra che odorava di cavolo.

La padrona di casa, la signora Doherty, ci guardò con sospetto notando lo zaino arancione. Mi venne in mente all'istante mia madre, con la sua paura degli hippy, dei jeans e della gente che si droga. «Che stanza deliziosa, signora Doherty» mentii, mentre ci mostrava il piano di sopra. Ignorai la tua occhiata. La stanza era squallida, brutta, ma era nostra, e io avevo un tremendo bisogno di usare il bagno in fondo al corridoio buio. C'era odore di umidità nell'aria, mascherato solo in parte dallo sgradevole profumo metallico di un deodorante. Notai l'enorme bomboletta nell'angolo. La carta da parati a fiorellini si stava staccando e i copriletto di ciniglia gialla erano spelacchiati in parecchi punti. Ripensai a quando, da piccola, mi avevano punito perché mi ero messa a tirare i fili, e mi chiesi dove fossero i figli della signora Doherty.

«Grazie» dissi, rivolgendole un sorriso, un sorriso pieno di falsa rassicurazione. Con mia sorpresa, lei fece per andarsene. «Vi do le chiavi quando siete pronte» disse. «Prima di uscire bussatemi alla porta della cucina.» E scese le scale, la schiena rigida di disapprovazione.

Io finii di prepararmi per prima e mi sedetti sul letto di sotto, ad aspettarti. Mi ero portata il mio libro, quello che non ero quasi mai riuscita a leggere da quando avevo iniziato a lavorare in albergo. Era *La casa sull'estuario* di Daphne du Maurier. Ricordo ancora quanto mi prendesse quella storia.

A casa, naturalmente, dovevo nasconderlo. In casa nostra non c'erano libri, a parte *Le vite dei santi* di Butler. Credo che fossero dodici volumi: verdi, rilegati in pelle, regalo di nozze dei miei genitori. Papà aveva firmato la mia domanda di iscrizione alla biblioteca commentando con la solita frase: «Non dirlo a tua madre». La biblioteca era diventata come una casa, per me. Ci andavo dopo la scuola, il più possibile. Prendevo in prestito almeno tre libri la settimana, tutte le settimane, e li nascondevo nella scatola delle decorazioni natalizie che stava nell'armadio del pianerottolo. La settimana in cui ci conoscemmo era la terza volta che prendevo *La casa sull'estuario*. Non mi bastava mai: la storia di un uomo trasportato in un altro mondo, che voleva fuggire dalla sua vita banale. È un libro che rileggo ancora oggi, ogni tanto. Riesco ancora a perdermi nella storia, quasi come la prima volta che l'ho letto.

Quella sera a Galway, non so da quanto tempo tu mi stessi fissando. A un tratto mi accorsi di essere immersa in un silenzio strano, intenso.

«Hai mai avuto un ragazzo?» mi chiedesti.

Probabilmente arrossii, o assunsi un'aria imbarazzata, perché tu ti affrettasti ad aggiungere: «Non prendertela, non voglio fare la ficcanaso, te lo chiedo per un motivo ben preciso».

« No » risposi. « Mai. » Giocai con le pagine del libro, mentre il dolore iniziava a pulsarmi lento da qualche parte sotto il cuore.

« So che ti sei innamorata di Tony » dicesti annuendo. « E credo che tu sia arrabbiata con me perché non ne abbiamo parlato. »

« No! » esclamai. « Non sono arrabbiata, è solo... » E poi tacqui, perché non sapevo come mi sentivo, anche se « arrabbiata » non era la parola giusta. Non avrei potuto essere arrabbiata con te.

« Credo che sia troppo vecchio per te » dicesti. « Ha quasi ventiquattro anni. »

Gli occhi mi si riempirono di lacrime. Tu ti avvicinasti subito per sederti accanto a me. « Comunque non si è neanche accorto che esisto » dissi. Mi asciugai gli occhi in fretta. « Non importa. Lasciamo perdere. Mi sto divertendo un sacco. »

Tu annuisti. « E uno degli altri? Gary e Brian e Colm. Te ne piace qualcuno? »

Scossi la testa. Ma mentre ti guardavo, con i tuoi Levi's neri e la tua camicetta da zingara, mi era venuta un'idea improvvisa. La mia gonna di cotone era irrimediabilmente brutta e fuori moda. «Vieni a fare spese con me?»

«Cosa?» sembravi sorpresa, come se ti aspettassi che dicessi qualcos'altro.

«Dai, a comprare dei vestiti.»

«Qui a Galway?»

«Sì. Domani.» Avevo quasi paura di chiedertelo. Non sapevo cos'altro avessi programmato per la nostra avventura.

Tu alzasti le spalle. «Sì, certo. Perché no?»

Allora mi entusiasmai. «Voglio dei jeans, delle magliette, dei vestiti e qualcosa che sia diverso da questa...» E scrollai la gonna con disgusto.

«Hai abbastanza soldi?»

Ti feci un gran sorriso. Il mondo era un posto meraviglioso. «Sono miliardaria» risposi.

Pensai solo un istante a Joey e Barney e alle loro scarpe nuove. A mia madre e alla sua insoddisfazione. A tre giorni dopo, quando tutto questo sarebbe finito e saremmo tornate di nuovo alla realtà.

Tu mi facesti alzare in piedi. «Iniziamo

domattina» dicesti tirandomi i capelli, «e dovrai anche andare dal parrucchiere.»

Ti fermai mentre stavi per uscire. «Lui lo sa?» ti domandai, brusca. «Tony... lo sa?»

Tu esitasti, solo un istante. «Credo di sì... noi ragazze non siamo molto brave a nascondere queste cose.»

Ero mortificata. «Penserà che sono una stupida» dissi. Ricordo di aver provato un'autentica disperazione.

Tu mi prendesti per le spalle costringendomi a guardarti in faccia.

«Stammi a sentire. Ci sono un sacco di pesci nel mare. Gli altri darebbero un braccio per uscire con te. Pensaci. Forse Tony non è quello giusto.»

Annuii, mordendomi il labbro. Non provavo alcun interesse per quei ragazzi. Mi ricordavano i miei fratelli. Ma questo non lo dissi.

«Su, andiamo» mi spronasti. «Galway ci aspetta!»

Mangiammo *fish and chips* con le mani da Mc Donagh's, proprio accanto allo Spanish

Arch. Il migliore che avessi mai assaggiato. Poi trovammo un pub con musica dal vivo. A Galway, non era difficile: lì la musica è onnipresente come la pioggia, ma tu avevi gusti ben precisi. Non ti bastava che ci fosse musica. Ne volevi una in particolare e sapevi esattamente quale, proprio come in molte altre situazioni. Dovunque ci sedessimo, i ragazzi arrivavano a frotte: falene attirate dalla tua fiamma. Si pavoneggiavano con te, restavano nei paraggi finché tu non li congedavi. Nelle mie foto, tutti – e anche tu – ridono, accaldati, gli occhi rossi per il flash della Instamatic.

Dopo, mentre tornavamo a casa a piedi, un po' barcollanti, te lo chiesi. « E tu ce l'hai un ragazzo? »

Ti fermasti per accendere una sigaretta a tutte e due, porgendomene una per poi rimetterti in marcia. Sembravi sul punto di prendere una decisione. « Sì, ce l'ho. Si chiama Matt. »

« E com'è? » Non vedevo l'ora di sentire i dettagli, ora che eravamo un po' sullo stesso piano. Veramente, io un ragazzo ancora non ce l'avevo, ma la nostra conversazione di prima mi faceva pensare che presto avrei potuto averne uno, se avessi voluto. Mi aveva dato fiducia in me stessa. «Sarà di sicuro bellissimo.»

«Sì» fu la tua risposta. «Lo è, decisamente.» Guardavi dritto davanti a te, soffiando segnali di fumo nella notte calda e vellutata.

La vodka mi aveva reso coraggiosa. «E dov'è? Perché non è con te?»

Forse fu un effetto della luce dei lampioni, o un lampo di preveggenza, ma sul tuo viso vidi cambiare qualcosa.

«È complicato. Ma staremo insieme quando riprenderemo l'università.»

Avrei voluto farti altre domande, ma decisi di tacere.

Il mattino dopo partimmo per il nostro giro dei negozi del centro di Galway mentre stavano ancora alzando le serrande. Tu eri un tornado. Mi portavi cose da provare, un paio di jeans dopo l'altro finché non trovammo quelli che mi stavano meglio. A mezzogiorno, avevo speso in jeans, magliette aderenti, due abiti lunghi e scollati e una minigonna quasi tutti i soldi che avevo risparmiato. Ero in preda all'euforia. Non ne avevo abbastanza per pagare il parrucchiere, ma tu me ne prestasti un po'. Prima di ripartire buttai via i miei vecchi vestiti e le gonne di cotone fatte in casa: li abbandonai nell'armadio del B&B della signora Doherty senza nemmeno appenderli, ma lasciandoli ammucchiati sul ripiano. Fu come cambiare pelle, nonostante mi provocasse un vago senso di rimorso, come per un tradimento.

Tornando alla realtà, facemmo una deviazione verso il Connemara. Nelle stradine strette camminavano donne in abiti neri, la testa coperta da scialli scuri. Mentre passavamo, gli uomini ci guardavano con sospetto. I bambini si fermavano, magri, silenziosi e a piedi nudi. Il paesaggio aspro scintillava alla luce del sole, il mare era una tavolozza accecante di azzurri, verdi e turchesi.

Ci fermammo a An Cheathrú Rua e consumai un intero rullino di pellicola. Là era tutto diverso da qualunque cosa avessi mai visto. Finalmente avevo la sensazione di essere del tutto sveglia, consapevole, attenta e viva. Ora ogni cosa era possibile: la fuga, l'amore, l'università. Tutte cose che tu avevi già ottenuto.

«Dobbiamo per forza tornare?» ti chiesi, riluttante. A un tratto il pensiero degli Spaventapasseri e del mondo chiuso dell'albergo mi sembrava insopportabilmente limitante. Come vivere con il volume al minimo.

Tu scoppiasti a ridere. «Lo rifaremo, prima che finisca l'estate. Avremo un'altra avventura come questa.»

«Promesso?»

«Sì» fu la tua risposta. «Te lo prometto. Adesso alza la musica.»

I ragazzi di sicuro mi notarono. La sera del nostro ritorno ricevetti qualche fischio di apprezzamento e alcuni complimenti dai clienti. Vedendoci, Tony spalancò gli occhi.

«Dove siete state, ragazze?» chiese. «Ci siete mancate.»

«Abbiamo avuto un'avventura» dicesti.

Tony si mise a ridere. « Avete l'aria di averne combinate delle belle. Per caso vi va di lavorare stasera? »

« Sì » risposi subito.

« Credo che stasera passerò » dicesti tu. « Sono un po' stanca dopo tutto quel guidare. Ma conta su di me per domani sera. »

Le quattro sere successive lavorai tutte le ore possibili. Martedì avevo abbastanza soldi da mandare a casa con un vaglia, sufficienti perché mia madre non sospettasse che cosa avevo combinato. Sabato era il giorno della partenza, quindi i clienti dei miei sette tavoli mi avevano lasciato una sterlina di mancia, i soliti, generosi cinque scellini a testa. Contavo su quei soldi, e nel riceverli il mio sollievo fu immenso. Li salutai tutti con la mano, mentre se ne andavano, li ringraziai per le mance e rimasi nel vialetto finché l'autobus che li portava in aeroporto non fu scomparso.

Lavoravo così tanto che quasi non notavo l'assenza di Tony. Era come se al suo posto ci fosse sempre Gerry, assistito da Brian e Gary. E poi accadde qualcosa. I turni cambiarono, bruscamente e senza preavviso, tanto da lasciarmi frastornata.

Successe quand'ero a casa, nel mio giorno libero. Tu non eri venuta con me. Mi avevi detto che avevi ricevuto una lettera da un'amica dell'università, che sarebbe venuta a trovarti all'albergo. Ero delusa e sapevo che lo sarebbe stato anche mio fratello Michael. Quando arrivai, quel giorno, decisi di dirgli di Matt. Pensavo non fosse giusto lasciare che si illudesse. Prima di prendere l'autobus, feci bene attenzione a indossare una delle gonne fatte da mia madre. Non ero stata così sciocca da buttarle via tutte.

Mio fratello venne a prendermi alla fermata, come l'altra volta. Dalla sua faccia capii che non si era aspettato di trovarmi sola: eri tu il piatto forte, io solo un contorno. Sulla strada di casa, mi chiese dove fossi. Non sopportavo la sua ansia: mi ricordava me stessa. «Ha un ragazzo, Mike» gli dissi alla fine, e lo vidi arrossire.

Era già venuto a trovarci all'albergo, una

volta, un paio di giorni prima della nostra avventura. Aveva preso l'autobus, senza essere stato invitato, e quand'era arrivato aveva chiesto di me. Patricia era stata gentile con lui e mi aveva cercato in sala da pranzo per avvertirmi. Ti avevo chiesto di non dirgli nulla del nostro viaggio e l'avevamo portato da Walshe's, il pub in fondo al paese, quello dove il personale dell'albergo non andava mai. Non era abbastanza «fico», anche se probabilmente allora non usavamo questa parola.

Quella sera mio fratello mi aveva fatto pena. Aveva passato la serata con noi, ad ascoltare la musica, senza perdere una sillaba di quello che tu dicevi, guardandoti quando non te ne accorgevi. Sapevo che era a disagio, che quella musica folk non era il motivo per cui si era fatto tutto il viaggio fino alla costa. Tu eri stata carina con lui, ma proprio come avresti fatto con il fratello di chiunque. Ovviamente era troppo giovane per te; ovviamente era troppo goffo. Io lo sapevo. Ma la speranza è tiranna.

«Verrò a trovarti all'albergo un'altra volta» balbettò. «Forse cambierà idea.» Provai di nuovo un grande dispiacere per lui. Il suo desiderio per te era così intenso che riuscivo quasi a sentirne il sapore. Ormai eravamo arrivati alla porta di casa e nella luce fioca dell'ingresso vedevo il grembiule a quadretti di mia madre. Conoscevo Michael e sapevo che non avrei avuto un'altra possibilità di parlarne.

Scrollai la testa. «Non credo» risposi, subito. «Mi dispiace, Mike: mi è sembrato giusto dirtelo.»

Mi parve che cadesse, si ripiegasse su se stesso, che si sgretolasse per la delusione.

«Sì, grazie» ribatté, amareggiato. Poi verso la fine di luglio prese un'altra volta l'autobus, in un estremo tentativo, ma come ho detto ormai le cose erano già cambiate.

Al mio ritorno, la mattina dopo, Patricia mi stava aspettando. Mi indicò un tavolo nella stanza del personale, quello dove sedeva sempre con il suo quaderno dalla copertina rigida e il posacenere.

«Ci sono stati dei cambiamenti» disse. «Un paio di camerieri se ne sono andati.»

«Perché?» domandai, sorpresa.

«Motivi diversi» rispose, e compresi che non si sarebbe lasciata sfuggire nient'altro. Per quel genere di pettegolezzi ci volevate tu, Nessa, Brian e Gary. Alla fine, poi, si trattava sempre di chiacchiere nemmeno tanto interessanti. Motivi famigliari: un compleanno, un matrimonio, una malattia improvvisa, cose del genere. «Questo significa che dobbiamo riorganizzare i turni. Tu lavorerai ogni volta un paio d'ore in più, ma sarai pagata per un turno e mezzo, con una gratifica ogni cinque ore supplementari. Ne varrà la pena.»

Non mi misi a discutere, non le feci domande. In fondo ero lì per lavorare, no?

«La settimana prossima ti tolgo dalla sala e ti metto in caffetteria insieme a Colm. È un ragazzo simpatico.»

Annuii. Colm era alto, allampanato e cortese, con un bizzarro senso dell'umorismo. Ricordavo che mi avevi detto che gli piacevo. Sarebbe stato divertente lavorare con lui.

«Ho bisogno che oggi pomeriggio tu gli dia una mano: d'ora in poi la caffetteria chiude alle otto. Ti insegnerà tutto. Sei svelta e sei sveglia, non avrai problemi.» Mentre si accendeva una sigaretta quasi sorrise. «E se vuoi potrai ancora fare gli straordinari, la sera. Parlerò con Gerry per chiedergli se può farti iniziare più tardi. Non c'è bisogno che tu sia là alle sette.»

«Okay, va bene.» Mi buttai la borsa su una spalla. Scostai la sedia dal tavolo e mi alzai. «Hai visto Marie-Thérèse?»

Patricia scosse la testa. A un tratto sembrava molto presa dalla sua sigaretta. «No. Non di recente.»

«Avete cambiato i turni anche a lei?»

Patricia annuì. «Sono sicura che te lo racconterà lei stessa.»

Mi sentii congedata di colpo, come una che si è comportata male. Si era messa a scrivere sul suo quaderno e non mi guardava, non guardava niente tranne la pagina che aveva davanti.

Credo di essermi stretta nelle spalle, di essere salita in camera mia a cambiarmi e di avere passato il pomeriggio a servire tè, caffellatte e dolcetti a una lenta processione di Spaventapasseri.

A questo punto le cose diventano meno nitide; le giornate cominciano a perdere la loro forma. Con il cambio dei turni, io e te non ci incontravamo più. Ogni tanto andavamo ancora ai concerti da Lacey's, ma le serate di straordinario al bar sembravano non coincidere mai. Tu tornavi in camera tardi, dopo che io ero già andata a dormire. Io mi svegliavo più presto che mai, adesso che dovevo essere pronta per le incursioni antelucane di tutti quegli uomini in vestaglia che venivano a prendersi il primo tè del mattino.

E non ripresi mai più a lavorare in sala da pranzo. Patricia mi mantenne di servizio in caffetteria, insieme a Colm. Non mi ero sbagliata: lavorare con lui era piacevole e i clienti ci vedevano come una specie di coppia di comici, ci trovavano molto divertenti. Gli affari non erano mai andati così bene.

« Una volta la caffetteria era il nostro punto debole » mi disse Patricia. « Ma tu e Colm l'avete completamente trasformata. Fate ridere i clienti. Il signor Butler è davvero contento di voi, l'ha perfino raccontato a tuo padre. »

Lo sapevo già. Papà era orgoglioso di me. Gli faceva onore che sua figlia si fosse rivelata un successo. Ero felice per lui, e in un certo senso anche per me: stavo guadagnando una fortuna in mance. Anche se abbondavo nel vaglia settimanale a mia madre – avevo smesso di tornare a casa nei giorni liberi – mi restavano un sacco di soldi per me. Un sacco di soldi da mettere da parte per la nostra prossima avventura, quella che senza dubbio sarebbe arrivata.

A metà luglio tu tornasti a casa qualche giorno, nel Donegal. Mi dicesti che dovevi iscriverti all'università. Trascorsi un sacco di tempo in spiaggia con gli altri, nella pigrizia di quelle giornate sature di afa, a nuotare e leggere. Cominciavo ad abituarmi al dolore che si era insediato in maniera permanente sotto il mio cuore. Il dolore di vedere Tony tutti i giorni – e poi non vederlo – era acuto, ancora di più per l'infelice certezza che fosse fuori dalla mia portata.

Colm cercava di corteggiarmi, con impegno. Anche Brian e Gary fecero un paio di tentativi, ma io non ero interessata. Mi dispiaceva quasi, per Colm: capivo bene che probabilmente lo facevo soffrire, ma non c'era via d'uscita. Non potevo aiutarlo.

Quando luglio divenne agosto, accadde qualcosa.

Una sera ero seduta nella cucina del personale, poco più tardi delle otto, dopo che io e Colm avevamo chiuso la caffetteria. In giro non c'era nessuno, era quell'ora silenziosa che adoravo. Guardavo fuori, verso il mare, i gruppetti di persone sulla spiaggia, il leggero oscurarsi del cielo prima di un tramonto tardivo. Ero seduta con la schiena contro il muro, i piedi sulla lunga panca, la sigaretta che si consumava nel posacenere accanto. Leggevo *Rebecca*. Con mia grande gioia, Patricia mi aveva detto dell'armadio dove i clienti lasciavano i libri che avevano finito di leggere e avevo scoperto un tesoro. Questo mi aveva fatto vedere alcuni degli Spaventapasseri sotto una nuova luce. Comunque stavo lì a leggere, innamorata del signor de Winter, e mi chiedevo se la signora Danvers assomigliasse un poco a Patricia.

A un tratto me la ritrovai vicino. Patricia, cioè, non la signora Danvers.

« Miriam » mi disse. « Non mi aspettavo di trovarti qui. Stasera non fai gli straordinari? »

« No » risposi. « A dire la verità sono un po' stufa. »

« Dov'è Marie-Thérèse? » Patricia si avvicinò al lavello e mise su il bollitore. « Una tazza di tè? »

« Volentieri, grazie. Non saprei, oggi non l'ho vista. Continuiamo a non incrociarci. »

Patricia annuì. Notai la sua ricrescita: un grigio pallido e cinereo che contrastava con il nero lucido dei capelli. Mi fece pena, perché stava invecchiando.

Mentre si avvicinava con la teiera appoggiai il libro aperto sul tavolo, a faccia in giù. Allungai una mano a prendere due tazze dallo scaffale.

« Sei una grande lettrice » commentò sorridendo. «Purtroppo io non ho mai preso l'abitudine.»

Ricambiai il suo sorriso, rimanendo in attesa. Qualcosa nel suo modo di fare mi diceva che era in arrivo un cambiamento. E anche se non aveva con sé il suo quaderno, ero convinta che mi avrebbe nuovamente riorganizzato i turni lavorativi. Raddrizzai la schiena: ero pronta a combattere. Le giornate con Colm erano facili e piacevoli e non volevo essere scaraventata di nuovo nel calderone della sala da pranzo o del bar.

Patricia mescolò il suo tè. «Va sempre tutto bene in caffetteria?» domandò. «Tutto okay con Colm?» Annuii. «Sì. Tutto bene.»

Lei mi guardò con aria eloquente. «È un ragazzo adorabile» disse. «E credo che abbia preso una cotta per te.»

Provai irritazione, umiliazione, senso di colpa, come se avessi promesso a Colm qualcosa che poi non gli avevo dato. Come se avessi fallito nel compito di farmelo piacere, solo perché io piacevo a lui.

«So che non è il ragazzo dei tuoi sogni» continuò Patricia. «O almeno, che tu non credi che lo sia.» Bevve un sorso di tè prima di prendere il suo pacchetto di sigarette.

Io non sapevo cosa dire.

Me ne offrì una. «Voglio dirti una cosa» annunciò. «E forse non dovrei. Forse non sono affari miei. Ma trovo che tu sia un tesoro di ragazza e poi conosco tuo padre da una vita.»

A livello istintivo, viscerale, credo capissi che cosa stava per dirmi. Ma non volevo sentire. Alzai la mano, per allontanare la verità che Patricia stava per rivelarmi. Ma lei non si lasciò zittire.

«Non voglio vederti fare la figura della stupida» disse.

Più tardi, quella conversazione con Patricia mi fece riflettere. Certo, non in quel momento, ma dopo. Ripensai a come si era addolcito il suo viso quando aveva nominato mio padre. Ripensai alla sua gentilezza con Michael, e con me. E ricordo di aver pensato che speravo mio padre avesse condiviso con lei un po' di tenerezza, in passato.

Perché Dio solo sa che a casa ne riceveva ben poca.

Naturalmente non credetti a una parola di quello che mi aveva detto Patricia. All'inizio mi arrabbiai, così tanto che uscii dalla cucina del personale per salire a grandi passi di sopra, in camera nostra. Ti aspettai invano. Alla fine presi la mia borsa e un maglione e scesi in spiaggia. Il sole stava tramontando e tutto intorno a me la luce radente suscitava ombre minacciose. Le persone sembravano più grandi. Le forme mutavano, acquistavano sfumature di ostilità. Perfino i collie, con le loro code in movimento, sembravano quasi pericolosi.

Mi avvicinai al falò. C'era una festa, sulla spiaggia. Era la sera prima del cambio di turno; i nuovi clienti sarebbero arrivati soltanto la mattina seguente, molto presto. Lì seduti c'erano una ventina di dipendenti dell'albergo, che strimpellavano chitarre, bevevano birra dalla bottiglia, cantavano in maniera sorprendentemente intonata. Un po' più lontano un paio di coppie si baciavano, alcuni sacchi a pelo si muovevano sulla sabbia umida. Colm mi notò e mi fece cenno di raggiungerlo. Aveva gli occhi che brillavano – anche troppo – ed era insolitamente su di giri, instabile.

« Miriam » disse, come se arrivando avessi appagato la sua fantasia più accesa. Mi baciò sulla guancia, un bacio lungo, umido, interminabile che scatenò nuovamente la mia rabbia. Mi staccai da lui.

Qualcuno disse: « Eccola ». Vidi due ragazze che conoscevo a malapena, sedute vicine vicine, che ridacchiavano. Una si chiamava Martha. « Be', dopo tutto amicizia significa condividere, no? » chiese Martha a voce alta, agitando la bottiglia di birra nella mia direzione. « Comprendere e condividere. Condividere tutto? »

« Sì » rispose l'amica. « E perché tu non fai lo stesso con me? »

Scoppiarono in una risata roca e volgare mentre io me ne restavo lì, in piedi, sentendomi come l'idiota del villaggio, che non è in grado di decifrare una nuova lingua crudele, ma che tuttavia ne intuisce il senso.

«Chiudete il becco» esclamò Colm. «Chiudete il becco, voi due.»

Mi si avvicinò di nuovo e con aria protettiva mi mise un braccio sulle spalle. Furiosa, me lo scrollai di dosso. Era parecchio ubriaco e rischiò di cadere. Riacquistato l'equilibrio, mi lanciò un'occhiata dura. «Come vuoi» urlò, agitando in aria una lattina di qualcosa. «Fai pure la stronza, se preferisci. Ma forse ti interesserà sapere che la tua migliore amica si scopa il tuo prezioso Tony alle tue spalle.»

Le chitarre ammutolirono. La notte piombò in un silenzio solido, incrollabile. A un tratto il gruppo sulla spiaggia sembrò una fotografia in posa, in bianco e nero, immobile. Come dal nulla, comparvero Nessa ed Evelyn e mi si affiancarono.

«Adesso basta, Colm» intimò Nessa. Almeno credo che fosse lei. Era sempre più esplicita di Evelyn.

Non riuscivo a muovermi. Le gambe non rispondevano al mio bisogno disperato di scappare; mi sembrava che tutto il mio corpo si fosse spento. E poi, a un tratto, mi ritrovai a camminare – o meglio, a farmi accompagnare – insieme a Nessa ed Evelyn lungo la spiaggia, su per il pendio e nel parco dell'albergo. Nessuna delle due aprì bocca. Alla fine riuscii a parlare.

«È vero?»

Le parole di Patricia erano ancora vive nel mio orecchio. La faccia di Colm incombeva su di me, in continuazione. Il mio cervello cominciava a stabilire dei collegamenti, alcuni risalivano a parecchie settimane prima. Nella mia testa i pensieri schizzavano in tutte le direzioni. Mi premetti le mani sulle tempie per calmare il frastuono che sentivo dentro.

«Credo di sì» rispose Nessa.

«Ma non siamo sicure» aggiunse Evelyn. «Dovresti chiederlo a lei.»

Mi allontanai, camminando all'indietro, cercando di scansarle, proprio come avevo fatto con Patricia e le sue parole.

«Sto bene» dissi. «Tornate alla vostra festa. Sto bene.» Poi fuggii. Non saprei come altro chiamarlo: una fuga. Credo di averle sentite gridare il mio nome, ma non ne sono sicura. Cominciai a correre in direzione dell'ala dei maschi, facendo il giro largo. Non volevo passare di nuovo dalla cucina del personale, non volevo vedere l'espressione turbata di Patricia, non volevo sentire le sue frasi consolatorie. E poi in quel modo potevo restare nell'ombra; non mi avrebbero sentito, la porta sul retro non mi avrebbe tradito avvertendo tutti che stavo arrivando.

La porta di una stanza si aprì verso l'esterno. Feci un passo indietro. Sapevo dov'era la camera di Tony: lui condivideva il penultimo prefabbricato con Gerry. Avevano una stanza per ciascuno. Avevo trascorso molte ore a fantasticare di stare con lui, accoccolati contro il mondo. Vi vidi uscire insieme, la luce della stanza che proiettava sull'erba nera un rettangolo che si dilatava lentamente. Ti stringeva, ti attirava a sé; tu gli tenevi le braccia intorno al collo.

Non avrei potuto fraintendere ciò che stavo vedendo. Vi baciaste, un bacio da amanti, e finalmente riuscii a piangere.

*

Il resto è molto chiaro.

Mi misi a correre come un'indemoniata. Tornai in spiaggia, le braccia tese, la faccia bagnata di lacrime e rabbia. Colm non batté ciglio. Corsi tra le sue braccia e piombammo insieme sulla sabbia, annaspando l'uno sul corpo dell'altro, le bocche incollate. Quando la rabbia si placò, il piacere fu intenso e inatteso.

«Sono così felice» mi sussurrò poi, anche se nessuno poteva sentirci. Ormai gli altri se n'erano andati. Avevamo la spiaggia tutta per noi. «Lo desideravo da secoli.»

Mi rialzai in piedi a fatica. «Devo andare» dissi. Mi tremavano le dita mentre cercavo di riabbottonarmi la camicetta.

«Cosa c'è?» mi chiese, allibito. «Che cosa è successo?»

«Devo andare.» Cos'altro potevo dire? Che non riuscivo a sopportare di averlo davanti agli occhi – e nemmeno tutti gli altri – perché non avrebbero fatto che ricordarmi la mia umiliazione? Lo lasciai lì, i suoi richiami mi risuonavano all'orecchio mentre risalivo dalla spiaggia barcollando.

Non feci nemmeno le valigie. Mi precipitai in paese per non perdere l'autobus notturno per Dublino. Lo presi al volo.

A casa, ad aprire la porta venne mio padre. Aveva un viso invecchiato, macchiato di lacrime. « Come sei venuta? » chiese. « Ho appena parlato con Patricia. Come hai fatto ad arrivare così presto? »

« Non importa » risposi spingendolo da parte. In casa c'era qualcosa di strano. Fui colta da un improvviso terrore: « Cos'è successo? »

Mia madre aveva avuto un ictus, poche ore prima, probabilmente mentre io cadevo tra le braccia di Colm. Il senso di colpa mi tese un'imboscata, collegare le due cose fu come una mazzata. Ecco la mia punizione. Meritavo di stare male. Avevo dimenticato la regola principale di mia madre: quella che imponeva di tenere lontani i ragazzi, di guadagnarmi il loro rispetto.

E quando il giorno dopo la vidi, all'ospedale, compresi che quello che mi ripeteva sempre era vero. Non poteva fare a meno di me, né allora né mai.

Le facce dei gemelli erano due maschere, gli occhi azzurri spalancati sembravano non capire. «Quando guarirà, la mamma?» Joey e Barney si aggrapparono a me, quella sera e per tutti i mesi seguenti.

Quando mia madre tornò a casa non riusciva a parlare né a prendersi cura di se stessa, ma mio padre si occupò di lei con una tenerezza che mi faceva venire le lacrime agli occhi. Per me, tornare a scuola era fuori questione. Papà aveva bisogno di me a casa. Mia madre aveva bisogno di me a casa. Bisognava badare ai gemelli, fare loro da madre, consolarli nel loro disorientamento.

Mia madre visse altri quindici anni, le sue giornate erano una lenta processione dal letto al caminetto della cucina, di tazze di tè bevute con la cannuccia, di pasti somministrati con il cucchiaio. Comprammo due lettini da mettere al piano terra: uno per lei e uno per me. Papà continuò a lavorare, meno robusto di prima, quasi ripiegato su se stesso.

Siamo sopravvissuti, tutti quanti. Vivevamo tranquilli, con il volume al minimo.

Papà è arrivato fino allo scorso Natale: a novembre aveva compiuto novantacinque anni. La notte che è morto si è girato verso di me e mi ha preso la mano. « Hai un cuore d'oro » ha detto e mi ha accarezzato con le dita magre. « Sei una brava ragazza. »

Una brava ragazza, di cinquantacinque anni e mezzo.

Un paio di giorni dopo la mia fuga, Patricia arrivò con la mia valigia. Non parlammo delle cose che mi aveva detto di te. Venne a trovare me e mio padre in altre due o tre occasioni, in macchina, e poi basta.

L'ultima volta che è stata da noi l'ho sentita sussurrare qualcosa a mio padre nell'ingresso, in tono concitato. Almeno una volta, sono sicura di aver sentito un singhiozzo. Poi ho udito la voce di mio padre. Una sola parola, decisa: « No ».

Non ho mai più rivisto Patricia.

Mi sono scoperta molto brava con i computer. Perfetta per l'innovazione tecnologica. Ecco come mi sono tenuta aggiornata per tutti questi anni. Papà chiamava il mio portatile la mia « finestra sul mondo ». Un paio di anni fa ho trovato l'e-mail di Colm. Almeno, sono quasi sicura che fosse la sua: l'uomo nella minuscola icona gli somigliava così tanto, anche dopo quasi quarant'anni. Più guardavo quella foto, più mi sembrava di riuscire a distinguere i lineamenti del Colm diciassettenne. Gli anni sono scomparsi, liberando l'adolescente allampanato che avevo conosciuto. Gli ho scritto chiedendogli se si ricordava di me. Non ho avuto risposta. Non so nemmeno cosa avrei potuto dirgli se mi avesse risposto. Il suo viso magro mi aveva ossessionato per anni. Mi sarebbe piaciuto che mi perdonasse.

E naturalmente ho cercato il tuo nome su

Google parecchie volte. O'Carroll, dottoressa Marie-Thérèse. Ho seguito la tua carriera spettacolare. Psichiatra, niente meno. Risolvi la vita delle persone. Ma non sei stata così brava a risolvere la tua, vero? Sposata per la terza volta. Divorziata due volte, una nel 1995 e una nel 2005. Hai tre figli grandi: due maschi e una femmina. Qualche mese fa ho visto la tua foto sul giornale: avevi ricevuto un premio. Certo, ero curiosa. Volevo vedere com'eravate tu e la tua famiglia. Eri circondata dai tuoi figli, ma nessuna traccia di un marito.

Negli anni ti ho scritto spesso, ma non ho mai spedito le lettere. Forse stavolta, l'ultima, lo farò. Magari ti ricordi che anche tu mi hai scritto, solo una volta, verso la metà di quell'agosto indimenticabile. Mi hai scritto che non l'avevi fatto apposta, a innamorarti di Tony, che non avresti mai voluto ferirmi, che avevi intenzione di dirmelo, prima o poi, ma che la faccenda era « complicata ».

Complicata. A proposito, lo stesso motivo per cui era « complicata » la storia con Matt? Avevi rubato anche lui? Forse avresti voluto darmi delle spiegazioni, o forse no. Ora non ha più importanza. Io so soltanto che quella notte la vita che avevo iniziato ad afferrare mi sfuggì.

Non parlo di Tony: lui me lo sarei probabilmente buttato alle spalle. Anzi, a lui non ho quasi più pensato. Ma ero convinta che la nostra amicizia fosse salda, incrollabile. Ero convinta che avremmo fatto parte per sempre l'una della vita dell'altra. Tu mi mostrasti il genere di futuro che avrei potuto avere. Mi hai reso coraggiosa.

Quando te ne andasti, feci una scoperta. Scoprii che non ero più capace di volare.

Sono stata sola per tutti questi anni, ovviamente. Ma da quando è morto papà mi sono iscritta a una serie di siti di incontri, soprattutto per curiosità. Volevo capire come mai altre persone avevano fatto la mia stessa fine. È stato interessante. Ho bevuto con piacere qualche tazza di caffè, un paio di volte sono andata al cinema, a teatro. Ho anche incontrato un paio di veri e propri pazzi, questo è vero. Ma poco tempo fa ho conosciuto una persona speciale.

Ci siamo incrociati grazie a uno dei siti più costosi che frequento. Lui ha qualche anno più di me, in un uomo è sempre una cosa positiva. I nostri profili corrispondevano perfettamente. Spesso mi dice che abbiamo molto in comune. Quando ci siamo incontrati, io ero molto cauta. Non sapevo bene che cosa aspettarmi. Ma quel poveretto era sconvolto perché aveva scoperto l'ultimo tradimento della moglie, che presto sarebbe diventata la sua ex. Aveva bisogno di una compagnia femminile comprensiva. Il suo dolore per quel tradimento si poteva quasi toccare, quella prima sera. E tutto il mio nervosismo è scomparso. Era un territorio che conoscevo bene. Era un'emozione che ero in grado di gestire.

Ho fatto tutte le cose giuste: ho ascoltato, non ho dato giudizi. Ho preso le cose con calma, distanziando cautamente i nostri incontri. Certo, ho cercato di non influenzarlo. Negli ultimi mesi l'ho ascoltato con interesse, ho formulato osservazioni. Ogni tanto gli ho chiarito qualcosa che lui poteva avere trascurato. Sono riuscita persino a fingere sorpresa quando mi ha detto il nome di sua moglie, che presto sarebbe diventata la sua ex.

« Mio Dio » ho esclamato. « Una volta conoscevo una che si chiamava così... ma sono passati quasi quarant'anni. Non può essere la stessa persona. »

Eravamo seduti nel mio soggiorno. Avevo acceso il fuoco, prima, per rendere l'atmosfera più accogliente. Sebbene fosse metà aprile, c'era ancora freddo. Avevo anche acceso il riscaldamento: basta correnti d'aria. Avevo apparecchiato per la cena sul tavolino da caffè e stavamo sorseggiando un buon Sauvignon ghiacciato.

« Davvero? » ha detto lui. « Veramente? Chissà se si tratta proprio di lei. » A quel punto si è animato. Voleva sapere tutto. Ci siamo portati i bicchieri nel mio studio, la stanza che una volta era di Joey e Barney: grande e spaziosa sul retro della casa. I miei album di fotografie erano ben sistemati in ordine cronologico sugli scaffali. Ne ho accarezzato i dorsi e ho scelto quello con l'etichetta « Estate 1973 ».

Gli ho fatto vedere le foto di Athlone, dei ragazzi che ti si erano accalcati intorno in quel pub di Galway. David è rimasto stupefatto dalla coincidenza. Come ho già detto, io ho finto di essere altrettanto sorpresa. E gli ho raccontato tutto.

Abbiamo passato la serata a rievocare ricordi, luoghi, fotografie, ed ecco com'è andata. Così sai tutto. Oppure no.

È un'anima buona, tuo marito. Fiducioso, generoso. Si merita di meglio. Stavolta è esasperato, dice. Basta col perdono. Questa volta ti pianterà in asso.

Stasera ci rivediamo.

Questo pomeriggio ho portato i miei quattro pronipoti, due maschi e due femmine, alla spiaggia, dove una volta c'era l'albergo. Almeno la spiaggia è sempre la stessa: la stessa sabbia luccicante, la stessa curva elegante. Oggi dove una volta c'era l'ufficio postale c'è un nuovo negozio, molto più fornito di quello della signora Patton.

I pescherecci erano appena rientrati e i pescatori hanno offerto ai bambini degli sgombri da dare alle foche. La piccola Orla è stata la più coraggiosa. Ha preso il pesciolino lucente, con il piccolo cuore che batteva ancora. Nutro grandi aspettative per lei.

«Lancialo in alto» le ha consigliato un pescatore. «La foca farà un salto per acchiapparlo. Vedrai, non le sfuggirà.» A suo dire, le foche sono tornate nella baia soltanto da poco, forse seguendo un misterioso radar interiore. Orla, Caoimhe e io ci siamo seduti sul frangiflutti, dondolando le gambe e mangiando un gelato al cioccolato. Caoimhe lanciava gridolini quando le foche acchiappavano i pesci gettati da Orla, i corpi colossali che ripiombavano con grazia nell'acqua.

«Guarda, zia Mir! Guarda come saltano alto!»

I ragazzi si sono messi a lanciare sassi piatti sul pelo dell'acqua, più lontano, sull'altro lato del frangiflutti. Identici ai loro nonni, Joe e Bernard Junior si esercitavano a sembrare sprezzanti.

Alla fine, li ho riportati a casa in macchina per la via panoramica, seguendo la costa ed evitando l'autostrada. Quando siamo arrivati a Dublino il cielo era rosso e le nuvole della sera si scurivano preparando un tramonto spettacolare. Una giornata perfetta, finora.

Li ho accompagnati a casa un'ora fa, circa, e sono tornata per cambiarmi e prepararmi per stasera. A David piace la mia cucina. Non è un tipo da ristoranti chic. Quindi ceneremo qui da me, ascolteremo un po' di musica e parleremo dei libri che stiamo leggendo. Parleremo anche di te.

E poi continueremo a fare progetti, a guardare avanti, a dare forma al nostro futuro insieme.

Fotocomposizione Editype s.r.l.
Agrate Brianza (MB)

Finito di stampare
nel mese di giugno 2013
per conto della Ugo Guanda S.p.A.
da Grafica Veneta S.p.A. di Trebaseleghe (PD)
Printed in Italy